TIERISCHE TÄUSCHUNG

MISS DOLITTLES GEHEIMNIS
BAND 5

MOLLY FITZ

KATZENGEHEIMNISSE

ÜBER DIESES BUCH

Was ist noch schlimmer, als einen hochnäsigen sprechenden Kater als besten Freund zu haben? Wenn er auf unerklärliche Weise verschwindet …

Octocat ist weg, und alles deutet darauf hin, dass er entführt wurde. Bei der wachsenden Zahl von Leuten, die wir beide schon hinter Gitter gebracht haben, ist es nicht gerade eine Überraschung, dass jemand auf Rache aus ist.

Aber wie soll ich es jemals schaffen, dieses Verbrechen ohne die Hilfe meines vierbeinigen Partners aufzuklären?

Die einzige andere Person, die mir vielleicht helfen könnte, ist gerade nach Georgia umgezogen. Jetzt bin ich so verzweifelt, dass ich alles tun würde, um ihn wiederzubekommen, selbst wenn ich dafür mein Geheimnis vor ganz Blueberry Bay enthüllen muss.

Alles würde ich geben, um ihn sicher nach Hause zu bringen. Oh, Octocat. Wo bist du nur hin?

ANMERKUNG DER AUTORIN

Hallo. Danke, dass du dieses Buch gekauft hast. Wenn du ebenfalls ein großer Fan von spannenden, schrägen Tierkrimis bist, sollten wir unbedingt Freunde werden.

Wie wäre es, wenn du direkt einmal meine Facebook-Seite besuchst, die ich speziell für meine treuen deutschen Leser eingerichtet habe? Hier der Link dazu: **Facebook.com/Katzengeheimnisse**

Oder melde dich für meinen Newsletter an und sichere dir als Abonnent gratis ein digitales Geschenkpaket, einschließlich einer exklusiven Kurzgeschichte über Octocat: **Katzengeheimnisse.com/Abonnieren**

Ich bin sicher, wir werden eine Menge

Spaß miteinander haben. Also schnell umblättern ...

Wir sehen uns dann auf der nächsten Seite.

MOLLY

1

Mein Name ist Angie Russo, und ich bin ein Katzenmensch.

Das ist eigentlich das Wichtigste, was es über mich zu berichten gibt.

Da sind zwar noch ein paar andere Dinge, die mich ausmachen, etwa dass ich in Teilzeit als Anwaltsgehilfin und nebenberuflich als Privatdetektivin arbeite, dass ich in einer riesigen Villa an der Ostküste der Vereinigten Staaten lebe oder dass meine verrückte Großmutter eine meiner besten Freundinnen ist. Auch die Tatsache, dass ich es trotz meiner Unentschlossenheit geschafft habe, sieben College-Abschlüsse zu erlangen, ist nicht gerade gewöhnlich.

Doch das sind alles eher Nebensächlichkeiten.

Das Wichtigste an mir ist definitiv, dass ich eine Katze habe, besser gesagt, einen Kater.

Dabei handelt es sich beileibe nicht um einen normalen Hauskater, denn der kleine Kerl textet mich ständig zu. Ja genau, er spricht, und zwar *ziemlich viel.* Im Grunde hält er fast nie die Klappe.

Katzen haben ja allgemein den Ruf, ziemlich anspruchsvoll zu sein, aber glaubt mir, eure sind Zucker gegen meinen Haustiger.

Er frisst ausschließlich ein ganz bestimmtes Gourmetkatzenfutter, *Fancy Feast*, und auch nur ausgewählte Geschmacksrichtungen davon. Servieren darf ich ihm dieses ausschließlich in einem bestimmten Porzellanschälchen, und zwar zu genau von ihm festgelegten Tageszeiten. Außerdem trinkt er einzig und allein Evian. Ich habe in der Vergangenheit ein paar Mal versucht, ihn auszutricksen, da seine extravaganten Vorlieben natürlich Extrakosten verursachen, aber er hat den Unterschied tatsächlich sofort bemerkt und mich übelst dafür büßen lassen.

Das tue ich mir nicht noch einmal an, und um ehrlich zu sein, letztlich ist das Geld auch egal, denn mein Kater ist finanziell bestens aufgestellt: Er verfügt über einen nicht unerheblichen Treuhandfonds, den er von seiner früheren Besitzerin, die ermordet wurde, geerbt hat. Es war pures Glück, dass er und ich zusammengefunden haben –, das heißt, wenn man eine Nahtoderfahrung durch eine defekte Kaffeemaschine als „Glück" bezeichnen kann.

Ich empfinde es jedoch so.

Ich liebe mein Leben, und es gibt nicht viel, das ich daran ändern würde. Nur meinen Job als Anwaltsgehilfin will ich demnächst aufgeben, um Vollzeit als Detektivin zu arbeiten. Meinen Kater hole ich natürlich mit ins Boot – als Geschäftspartner. Er schaut sich so viele Krimis und juristische TV-Shows an, dass sein Wissen wahrscheinlich für einen Ehrendoktortitel in Strafrecht reichen würde. Und eine scharfe Waffe trägt er auch stets bei sich. Seine Krallen kamen schon öfters zum Einsatz, wenn wir in heikle Situationen gerieten.

Manchmal übertreibt er es allerdings etwas mit der Anwendung von Gewalt und seiner Fernsehsucht, doch davon abgesehen besitzt er viele einzigartige Fähigkeiten, die ihn zu einem unverzichtbaren Co-Ermittler machen. Da wäre zunächst einmal die Tatsache, dass er und ich miteinander kommunizieren können. Er ist einfach ein kleines Superhirn, und wer rechnet schon damit, von einer neugierigen Katze belauscht zu werden?

Außerdem steht uns meine Großmutter zur Seite. Früher glänzte sie in ihren Rollen am Broadway, und jetzt unterstützt sie uns bei unseren Fällen mit ihrem schauspielerischen Talent. Wir mögen ein recht ungewöhnliches Team sein, ergänzen uns aber super.

Scooby Doo kann einpacken!

Mein Spezialgebiet liegt in der Recherche. Ich liebe es, mir über die kleinsten Details, die uns auffallen, den Kopf zu zerbrechen, jeder noch so vagen Vermutung nachzugehen und alles über die Hintergründe herauszufinden.

Ich habe ein nahezu fotografisches Gedächtnis und ein Faible für Notizen-Apps und dergleichen, fühle mich allerdings in letzter Zeit mitunter ein wenig benebelt, sodass auf meinen Kopf nicht immer Verlass ist.

Normalerweise vergesse ich selten etwas, aber seit dieser neue Mitarbeiter, Peter Peters, in der Kanzlei angefangen hat, passiert mir das öfters. Diesen Kerl konnte ich von vornherein nicht leiden und bin mir ziemlich sicher, dass er etwas mit meinem verwirrten Zustand zu tun hat, kann mich aber einfach nicht mehr erinnern, warum.

Glücklicherweise wird er bald wieder weg sein. Nur leider nimmt er seine Cousine Bethany mit, die ich als Anwaltspartnerin der Kanzlei und inzwischen auch als gute Freundin zu schätzen gelernt habe. Sie werde ich definitiv vermissen. Ich verstehe jedoch, dass sie für ihre Familie da sein will, selbst wenn Peter der gruseligste Typ ist, den ich je getroffen habe.

Offen gestanden ist es wahrscheinlich ohnehin Zeit für mich, die Kündigung einzureichen. Das hieße jedoch, meinen heimlichen Schwarm zu enttäuschen, und deshalb habe ich das bisher nichts übers Herz gebracht. Ich stehe nämlich auf den Seniorpartner der Kanzlei, Charles Longfellow. Früher lebte er in Kalifornien, zog jedoch vor nicht allzu langer Zeit hierher und hat sich rasch hochgearbeitet. Kein Wunder, denn Charles ist ein fantastischer Anwalt und dabei nur ein paar Jahre älter als ich. Ja gut, manchmal muss man Glück haben – wie ich mit Octocat.

Wahrscheinlich hätte ich ihn schon längst gefragt, ob wir uns mal privat treffen, aber er hat seit Kurzem eine Freundin. Eine schreckliche Person. Ich kann sie absolut nicht ausstehen und nicht nur, weil sie zwischen mir und ihm steht (wir wären das Traumpaar schlechthin, das weiß ich einfach), sondern weil sie gemein, hinterhältig und immer total unfreundlich ist.

Vor ein paar Monaten stand sie sogar auf meiner Liste von Mordverdächtigen, ebenso wie ihr Bruder, der beinahe verurteilt worden wäre, doch beide traf keine Schuld, das konnten wir beweisen. Auch den

Mord an einer prominenten Senatorin, die bei mir direkt nebenan wohnte, haben wir aufgeklärt.

Ich bin also bestens vorbereitet, um mich als Vollzeit-Privatdetektivin selbstständig zu machen, würde allerdings deutlich lieber Wirtschaftskriminelle durch die Stadt jagen als verrückte Mörder, denn unsere letzten Einsätze waren ganz schön gefährlich. Es liegt nahe, dass sich irgendwann einer von diesen Verbrechern, die wir in den Knast gebracht haben, an mir und meinem Kater rächen will.

Doch was immer geschehen mag, auf meine Spürnase kann ich mich hoffentlich verlassen ...

* * *

Als ich an diesem sonnigen Nachmittag von der Arbeit heimkam und das Haus betrat, wäre ich um ein Haar mit Großmutter zusammengestoßen.

„Sieh mal, was ich heute in meinem Kunstkurs für dich gemacht habe!", rief sie fröhlich, völlig unbeeindruckt von der Tatsache, dass ich sie beinahe in eines der antiken Buntglasfenster befördert hätte, die die Seiten unserer Eingangstür zierten.

Ich trat einen Schritt zurück und studierte das große Metallschild, das sie in ihren vom Alter gezeichneten Händen hielt und las laut, was darauf stand: „Pet Whisperer, P.I.". Die Tierflüsterer-Privatdetektivin. Um es mir genauer anzusehen, wollte ich es ihr abnehmen, doch dabei hätte ich es beinahe fallen gelassen, denn mit einem solchen Gewicht hatte ich nicht gerechnet. „Uff, das Ding ist wirklich schwer!"

„Es ist ja auch nicht aus Pappe, Liebes", erwiderte Grandma mit einem tadelnden Blick.

„Was für ein Kunstkurs ist das eigentlich?" Ich bewunderte, wie sie aus den verschiedenen Restmetallstücken dieses neue, schöne Schild erschaffen hatte.

„Es ist ein bisschen von allem – Skulptur, Schweißen, Landschaftsmalerei, Stillleben, Aktbilder." Bei Letzterem zwinkerte sie mir zu, und ich ahnte, dass sie sich im Grunde nur deshalb dort angemeldet hatte.

„Das klingt ja echt spannend", meinte ich lachend. Langeweile kannte Grandma sowieso nicht. Sie probierte gerne immer wieder neue Sachen aus, um sich die Zeit zu vertreiben. Jetzt hatte sie sich anscheinend vorgenommen, mein streng gehütetes Geheimnis in ganz Blueberry Bay bekannt zu machen.

Sie musste meinen leicht nervösen Gesichtsausdruck bemerkt haben, denn sie erklärte rasch: „Es ist für dein Geschäft, Liebes. Schließlich bin ich deine Assistentin, und da dachte ich mir, ich könnte mich nützlich machen."

„Aber das mit der Detektei ist doch noch gar nicht offiziell." Ich liebte meine Großmutter über alles und fand es toll von ihr, dass sie mir helfen wollte, aber jetzt fühlte ich mich zusätzlich unter Druck gesetzt, meinen großen Karrieresprung endlich in die Tat umzusetzen.

„Ja, du musst das wirklich bald konkret angehen." Sie zog die Brauen hoch und nickte mir aufmunternd zu.

Ich stöhnte auf, obwohl sie damit absolut recht hatte. „Okay, aber ich will nicht, dass jemand etwas davon erfährt, dass ich wirklich mit Tieren sprechen kann, ja?" Diese seltsame Sache beschäftigte mich seit Wochen.

Auch wenn meine Erinnerung mich teilweise im Stich ließ, waren meine Sinne irgendwie geschärft. Ich wusste immer noch nicht, wie und warum ich mit Octocat sprechen konnte, und in letzter Zeit hatte ich außerdem noch andere Tiere verstehen können.

Erst die Vögel auf dem Dach, dann ein Eichhörnchen in meinem Garten und sogar einen Hirsch, den ich in dem an unsere Villa angrenzenden Wald aufgeschreckt hatte. Allerdings funktionierte diese neue

Fähigkeit nicht in jeder Situation, und eigentlich war mein Leben ja auch so schon kompliziert und verrückt genug.

Bisher hatte ich immer nur Octocat verstehen und mich mit ihm unterhalten können. Würde ich jetzt etwa eine richtige Frau Dr. Dolittle werden? Ich wusste noch nicht, was ich davon halten sollte. Wenn sich das in der Tierwelt herumsprach ... womöglich würden dann demnächst zahlreiche Viecher bei mir auf der Matte stehen, sich bei mir beklagen oder mich mit Hilferufen und rechtlichen Forderungen bombardieren.

Ich wüsste überhaupt nicht, wie ich damit umgehen sollte. Schließlich war ich keine Staranwältin, sondern nur Assistentin in einer Kanzlei, und so sehr liebte ich die Gesetze nun auch wieder nicht, außer dass ich mich in meinem täglichen Leben meist daran halte.

„Wo ist Octocat?", fragte ich Grandma und warf einen Blick die große Treppe hinauf, konnte ihn jedoch nirgends entdecken. Normalerweise hielt er sich zu dieser Tageszeit gerne dort oben auf, weil die Sonne dann durch die Dachfenster fiel und einen warmen Platz zum Dösen für ihn zauberte.

„Er muss hier irgendwo sein, da bin ich mir sicher", antwortete sie gedankenverloren. Dabei nahm sie das Schild wieder an sich und betrachtete es zufrieden lächelnd.

„Wann hast du ihn denn zuletzt gesehen?", forschte ich nach und ging los, um seine anderen Lieblingsschlafplätze zu checken. Vielleicht hatten ihn heute ein paar Wolken bei seiner üblichen Routine gestört – ansonsten würde er diese nicht freiwillig aufgeben, das wusste ich genau.

Irgendetwas stimmte nicht, und ich musste schnell herausfinden, was, sonst wäre der Tag für mich gelaufen.

Grandma kam herüber und tätschelte mir beruhigend die Schulter. „Also, bei meinem Vormittagstee heute war er noch da. Wir haben uns nämlich zusammen eine Folge von *Criminal Intent* angeschaut. Das ist erst gut zwei Stunden her. Ich bin sicher, es ist alles in Ordnung, Liebes."

Aber ich war mir da ganz und gar nicht sicher.

Erst vor ein paar Wochen hatte ich ihn kurzzeitig verloren, bis er, wie von Geisterhand, plötzlich auf Caraway Island wieder auftauchte, was mich weiterhin vor Rätsel stellte. Wie war er bloß dorthin gekommen? Ich konnte mich nicht einmal daran erinnern, dass Grandma und ich ihn dort abgeholt hatten. Im Moment wusste ich nur, dass ich meinen Kater finden musste, und zwar sofort.

„Hilfst du mir, ihn zu suchen, Grandma?"

Sie nickte und verstaute das Metallschild im Schrank, und dann durchstöberten wir jeden Winkel nach ihm, drinnen und im Garten.

„Also, das ist echt merkwürdig", seufzte Grandma und kratzte sich am Kopf. „Vielleicht ist er nur spazieren gegangen und hat die Zeit vergessen."

Aber so tickte mein Kater nicht. Er besaß eine innere Funkuhr. Wenn ich nur versuchte, eine Minute länger zu schlafen, bekam ich zu hören, wie enttäuscht er von mir war. Er schlüpfte zwar dann und wann durch seine Katzenklappe nach draußen, jedoch entfernte er sich nie weit bei seinen Spaziergängen.

Zumindest nicht bis heute.

Am Ende unserer Einfahrt tauchte ein weißes Auto auf, das sich beim Näherkommen als der Postwagen entpuppte.

„Was für ein schöner Tag, nicht wahr?", trällerte die Postbotin Julie, während sie in ihrem Sack wühlte. Sie reichte mir einen kleinen Stapel Briefe. „Nicht viel heute." Und schon flitzte sie weiter.

„Danke, Julie!", rief ich ihr hinterher und blätterte rasch die Umschläge durch – Werbung, Rechnungen, Werbung.

Doch dann erstarrte ich. Auf einem stand kein

Absender, und adressiert war dieser Brief an „*Octavius Fulton*".

Ja, an meinen Kater.

Ich schluckte schwer und riss ihn unvermittelt auf.

2

Das Datum des Poststempels auf dem Umschlag lag bereits zwei Monate zurück. Kein gutes Zeichen.

„Was ist?", fragte Großmutter, die sich näherte, während ich den Inhalt überflog.

„Es ist ..." Innerlich zitternd atmete ich tief ein, um nicht gleich loszuschreien oder in Tränen auszubrechen. „Es ist eine Klage."

„Was, wer will dich verklagen?", rief sie empört. Gleichzeitig sah sie höchst besorgt aus.

In mir krampfte sich alles zusammen, doch ich zwang mich, das ganze Schreiben erneut genau durchzulesen, bevor ich ihr antwortete. „Die anderen Begünstigten von Ethels Testament – sie wollen Octo-

cats Erbe anfechten. In einem Schiedsgerichtsverfahren."

„Ach du liebe Zeit!" Grandma schüttelte
fassungslos den Kopf.

„Wenn Octocat Einspruch einlegen will, muss er
persönlich vor Gericht erscheinen, und zwar bis
spätestens diesen Freitag. Andernfalls gilt das als
stillschweigendes Einverständnis, und das Verfahren
wird fortgesetzt." Das Ganze kam mir in diesem
Moment völlig absurd und unwirklich vor. Warum
musste das ausgerechnet jetzt passieren und warum
überhaupt? Schließlich waren die anderen Erben
auch alle von Ethel bedacht worden. Die alte Dame
hatte ihren Kater jedoch so innig geliebt, dass sie ihn
für den Rest seiner Tage bestens versorgt wissen
wollte, mit allem Komfort, den er brauchte. Und er
brauchte eine Menge, wie ich inzwischen nur allzu
gut wusste – Fancy Feast, Evian, feines Porzellan,
Apple-Produkte und, nicht zu vergessen, eine riesige
Villa. Der kleine Kerl hatte eben große Ansprüche.

Ich faltete den Brief seufzend zusammen und
massierte mir die Schläfen, um die rasenden Kopfschmerzen zu unterdrücken, die ich plötzlich
verspürte. „Grandma, wenn diese Klage durchgeht,
könnte er seinen Treuhandfonds verlieren. Wir

könnten das Haus verlieren. Und vielleicht sogar auch ihn."

Tränen stiegen in mir hoch. O nein, jetzt bloß nicht weinen. Ich musste einen klaren Kopf bewahren, um die Sache in Ordnung zu bringen und um Octocat zu finden. Also schluckte ich sie hinunter.

Großmutter legte mir eine Hand auf den Rücken und schob mich behutsam in Richtung Haus. „Nun, dann müssen wir ihn eben bis Freitag finden", stieß sie hervor. „Scheitern ist keine Option."

Mein Kater war erst seit ein paar Stunden weg, höchstens, aber ich machte mit trotzdem wahnsinnige Sorgen um ihn. Er wäre am Boden zerstört, wenn er sein Erbe verlieren würde und ich es mir nicht mehr leisten könnte, seinen exklusiven Lebenswandel zu finanzieren. Noch schlimmer war die Vorstellung, dass er irgendwo verletzt in einem Graben liegen könnte, und ich hatte keine Ahnung, wo ich suchen sollte.

Grandma zeigte auf unsere antike und leider ziemlich unbequeme viktorianische Couch. „Du wartest hier", wies sie mich mit sanfter Stimme an. „Und ich koche uns jetzt erst mal einen Tee. Ein Schuss Koffein wird uns helfen, unser Gehirn auf Trab zu bringen. Wir kriegen das alles wieder hin.

Das wird schon." Sie eilte in die Küche, wo ich sie singen hörte.

Da saß ich nun in unserem großen, leeren Wohnzimmer und merkte, dass ich es hasste, so allein zu sein. Es fühlte sich nicht richtig an ohne Octocat, der sich über irgendetwas beschwerte, meine Lebensentscheidungen infrage stellte oder geschmacklose Witze erzählte, die niemand außer ihm lustig fand.

Während ich gegen meine überwältigenden Ängste ankämpfte, sang Grandma in der Küche lautstark weiter. Offenbar hatte sie bereits eine Ode an die Bezwingung des Katzen-Kidnappers und unseren phänomenalen Sieg vor dem Schiedsgericht komponiert. Woher nahm sie bloß diese Energie?

Ob Octocat wirklich gekidnappt worden war? Das erschien mir gar nicht so abwegig, denn freiwillig würde er sein vertrautes Heim nicht verlassen. Aber warum sollte jemand meinen geliebten kleinen Tiger mitnehmen, und wer würde so etwas tun?

Großmutters grauer Lockenkopf tauchte in der Küche auf. „Hey, Angie, Liebes!", rief sie und winkte mir zu.

Ich hob den Kopf und versuchte zu lächeln, doch es gelang mir nicht richtig.

„Warum rufst du nicht mal Charles an? Er ist

schließlich ein guter Freund, und vielleicht kann er uns helfen." Kaum hatte sie das gesagt, verschwand sie wieder und setzte ihr Liedchen fort.

Charles. Ob er wüsste, was wir tun sollten? Grandma schien davon überzeugt zu sein, und wir drei hatten ja auch schon mehr als einmal ein ziemlich gutes Team abgegeben. Zumindest könnte er mich bei diesem Gerichtsverfahren unterstützen. Er würde bestimmt einen Weg finden, uns unbeschadet da herauszuholen.

Das Telefon wog schwer in meinen Händen. Wenn ich ihn anrief, müsste ich mir eingestehen, dass etwas nicht stimmte. Dass Octocat verschwunden war. Könnte ich nicht vielleicht noch ein paar Minuten so tun, als ob alles in Ordnung wäre? Wäre das egoistisch von mir? Dumm?

„Nicht trödeln, Liebes!", trällerte Grandma vom Herd aus zu mir herüber. Dann sang sie in einer anderen Sprache weiter, vermutlich Koreanisch, da sie unlängst eine Vorliebe für K-Pop entwickelt hatte.

Keine Atemübung der Welt hätte mir in dem Moment genügend Kraft geben können, um diesen Anruf zu tätigen und die schrecklichen Worte laut auszusprechen. Aber ich tat es trotzdem. Für Octocat.

„Angie, alles in Ordnung?", meldete sich Charles,

nachdem es ein paar Mal geklingelt hatte. Er war natürlich immer noch in der Firma. Seit Bethany ihre Kündigung eingereicht hatte, schob er noch mehr Überstunden. Wenn sie in den kommenden Tagen nach Georgia in ihr neues Leben entschwand, würde er der einzige verbleibende Anwalt der Kanzlei sein, in der sich die Partner in den letzten Monaten die Klinke in die Hand gaben.

Seine besorgte, freundliche Stimme löste die Tränen aus, die ich bisher mühsam zurückgehalten hatte. „Charles, er ist weg!", heulte ich in den Hörer. „Octocat ist verschwunden, und wir können ihn nirgends finden."

Charles holte tief Luft und sagte dann hastig: „Ich bin sicher, er hat einfach einen gemütlichen neuen Schlafplatz gefunden und wird nach Hause kommen, sobald ihm der Magen knurrt."

Ich hatte nicht den Eindruck, dass er das selbst für eine logische Erklärung hielt. Wir beide kannten meinen Kater zu gut, um zu glauben, dass er seine Routine absichtlich geändert hatte.

„Da ist auch noch dieses Schiedsverfahren", fügte ich hinzu, obwohl ich eigentlich nicht mehr den Nerv hatte, diesen schrecklichen Brief erneut zu öffnen und ihm den genauen Wortlaut vorzulesen.

„Was?", raunte Charles empört. „Wer hat ein Verfahren gegen dich eingeleitet?"

„Nicht gegen mich", erklärte ich ihm mit einem weiteren tiefen Seufzer. „Gegen Octocat. Die anderen Erben aus Ethels Testament."

Er schwieg einen Augenblick, während er wohl über diese neueste Entwicklung im chaotischen Leben der Angie Russo nachdachte. „Lass dich davon jetzt nicht weiter beunruhigen", beschwichtigte er mich. „Konzentrier dich im Moment nur darauf, Octocat zu finden. Er kann nicht weit sein. Außerdem wussten wir beide, dass das Testament wahrscheinlich irgendwann angefochten werden würde, auch wenn Richard alles darangesetzt hat, das zu verhindern. Du kannst vor Gericht dagegen Einspruch erheben, bevor das Schiedsverfahren weitergeführt wird."

„Ja, aber die Frist läuft am Freitag ab", erwiderte ich mürrisch. Bis dato hatte ich noch nie wegen irgendwelcher persönlichen Angelegenheiten vor Gericht gehen müssen. Der einzige Grund, warum ich jemals einen Fuß in das Gebäude des Amtsgerichts gesetzt hatte, war, um die Anwälte meiner Firma zu unterstützen. Meistens Charles.

„Freitag?", fragte er ungläubig. „Aber das ist bei Weitem nicht genug Zeit."

„Ja, ich weiß." Ich fuhr mit dem Zeigefinger über das verschnörkelte Muster des Sofabezugs und starrte versunken ins Leere, schaffte es jedoch, nicht mehr zu weinen. Dann informierte ich ihn schniefend: „Auf dem Briefumschlag befinden sich mehrere Aufkleber und Stempel. Sieht aus, als wäre er ursprünglich an meine alte Adresse gegangen und dann als unzustellbar zurückgeschickt worden, bevor er endlich hier ankam."

„Aber die wissen doch alle, wo du und Octocat jetzt wohnen", rief er aufgebracht. Charles trug sein Herz stets auf der Zunge, und daher wusste ich genau, dass er wütend war. *Verdammt wütend.*

Ich nickte zustimmend. „Sollte man annehmen."

Wir seufzten beide unisono, und dann stellte ich ihm die Frage, die mich schon seit dem Eintreffen des Briefes beschäftigte: „Meinst du, sie haben ihn absichtlich an die falsche Adresse geschickt?"

„Klar haben sie das", knurrte er. Ich konnte hören, wie am anderen Ende der Leitung etwas lautstark zu Boden fiel. „Wir schaffen das trotzdem. Octocat wird sicher jeden Moment wieder auftauchen, und in der Zwischenzeit fange ich an, Argumente zusammenzutragen, warum die Anfechtung des Testaments völlig haltlos ist. Und am Freitag werden wir denen im Gericht ordentlich in den Hintern treten."

„Danke. Du schaffst es immer, dass ich mich besser fühle." Auf Charles konnte man sich einfach verlassen. Er war stets zur Stelle, wenn ich Hilfe brauchte, und genau das schätzte ich an meinem inzwischen engsten Freund besonders. Was für ein Glück, dass er vor einiger Zeit aus seiner Heimat Kalifornien in unsere malerische Blueberry Bay an der Ostküste gezogen war!

Er schwieg für einen Moment und fragte dann: „Soll ich nach der Arbeit vorbeikommen und dir helfen, Octocat zu suchen? Ich könnte früher Schluss machen. Vier Augen sehen ja bekanntlich mehr als zwei beziehungsweise sechs mehr als vier – deine Großmutter ist sicher schon an dem Fall dran, oder?"

Ich lachte leise auf. Er kannte uns wirklich schon zu gut. „Eigentlich würde ich gerne mal ein bisschen hier rauskommen. Wir suchen schon seit Stunden, aber er ist eindeutig nirgendwo hier in der Nähe."

„Willst du dann zu mir rüberkommen?", fragte er ohne das leiseste Zögern.

„Ja, das wäre super", antwortete ich erleichtert.

Jetzt, wo Charles uns unterstützte, wusste ich, dass alles gut werden würde. Es gab gar keine Alternative, denn alles andere würde mir das Herz brechen.

Wenn Octocat jetzt da wäre, würde er mich sicher ermahnen, dass ich mich zusammenreißen solle. „Tu, was getan werden muss!", würde er sagen. Und genau das hatte ich vor. Ich würde ihn schnell wieder nach Hause bringen und dafür sorgen, dass er hier bleiben konnte, wo er hingehörte.

3

harles lud mich für halb sieben zu einem schnellen Abendessen und einer Lagebesprechung bei ihm zu Hause ein. Als ich um kurz nach halb sieben bei ihm klingelte, war er jedoch noch nicht da und im Haus alles dunkel. Ich nahm an, dass es bei ihm auf der Arbeit doch etwas später geworden sein musste, und beschloss, den im Garten versteckten Schlüssel zu benutzen und drinnen auf ihn zu warten. Als Grandma noch hier wohnte, hatte sie den Ersatzschlüssel immer unter der Türmatte deponiert – ein Wunder, dass sie in ihren über siebzig Lebensjahren kein einziges Mal beklaut wurde. Zumindest war Charles ein wenig vorsichtiger.

„Hallo!", rief ich, als ich durch die Tür schlüpfte,

nur für den Fall, dass er womöglich unter der Dusche stand und das Klingeln nicht gehört hatte.

Nichts.

Ich zuckte mit den Schultern und ging in die Küche, um schon mal den Tisch zu decken, da ich davon ausging, dass er etwas von einem Takeaway-Restaurant mitbringen würde. Wir waren beide keine großartigen Köche, doch zum Glück hatte ich Groß-mutter, die erst kürzlich ihre Liebe zum Kochen entdeckt hatte und stets dafür sorgte, dass ich etwas Leckeres zu essen bekam. Das war zwar ein Segen, aber manchmal verfluchte ich ihre neue Leidenschaft auch, denn seitdem wir zusammenwohnten, hatte ich mindestens eine Kleidergröße zugelegt.

Ich wanderte durch die mir wohlvertrauten Räume und schaltete ein paar Lichter ein, denn Charles ließ aus irgendeinem Grund die Vorhänge meist zugezogen. Es fühlte sich total seltsam an, das Haus, in dem ich aufgewachsen war, mit Charles' spärlicher, maskulin anmutender Einrichtung zu sehen. Großmutter hatte sich vor einiger Zeit entschlossen, ihr Häuschen zu veräußern und zu mir zu ziehen, als ich die große Villa übernahm, in der wir beide jetzt wohnten.

Mit Charles hatte sich der perfekte Käufer gefun-den, denn er suchte ein schönes neues Zuhause, wo man Wurzeln schlagen konnte. Zuvor hatte er in einem Apartment in Cliffside gewohnt, dem rauesten Pflaster von Glendale, wo vermutlich eine Reihe Gesetzesbrecher lebten, wobei ich in letzter Zeit auch eine andere Erfahrung mit Kriminalität gemacht hatte: Je reicher die Leute waren, desto wahrscheinlicher gingen sie über Leichen, damit niemand an ihr Vermögen herankam.

Manche Leute sind einfach nie zufrieden, und ich habe mir geschworen, auf gar keinen Fall jemals so zu werden.

Inzwischen fühlte sich das Haus schon nicht mehr so befremdlich an, und ich nahm Teller aus dem Schrank neben dem Herd, um den Tisch im Esszimmer zu decken. Ein paar Sekunden später hätte ich diese jedoch um ein Haar fallen lassen, denn mir bot sich ein schauderhafter Anblick.

„Oh mein Gott", rief ich, während ich die Teller umklammerte. „Habt ihr mich erschreckt!"

Nicht Charles hatte mich in Panik versetzt, sondern seine beiden Sphynx-Katzen, die plötzlich in der Tür standen und mich mit glühenden Augen anstarrten. Wie hatte ich sie nur vergessen können?

„Hallo, Jacques. Hallo, Jillianne", sagte ich mit einem freundlichen Lächeln. Hoffentlich würden sie nicht merken, dass ich in diesem Moment am liebsten geschrien hätte. „Jay und Jay", wie Charles sie zu nennen pflegte, wenn er von den beiden sprach, hatten keine Haare am Körper, dafür aber viele Falten auf ihrer nackten Haut, etwa wie ein Gehirn auf vier Beinen, mit einem Schwanz und durchdringenden Augen. Wenn man nicht darauf vorbereitet war, wirkte ihre Erscheinung im ersten Moment ziemlich beängstigend.

Die Größere der beiden, Jillianne, schritt auf mich zu. „Ein Prinz, eine Prinzessin und eine Anwaltsgehilfin stehen in einer Küche. Wer gehört nicht dazu?", zischelte sie, und so hörte ich zum ersten Mal eines ihrer berühmten Sphynx-Rätsel mit eigenen Ohren. Die Fähigkeit, mit jeder Fellnase und jedem Federvieh sprechen zu können, nicht nur mit Octocat, hatte ich ja erst vor Kurzem erlangt.

Jillianne zuckte mit dem Schwanz und kniff die Augen zusammen, als ich nicht sofort antwortete. „Oh", stotterte ich und fühlte mich auf einmal wie ein Kandidat in der letzten Runde von Jeopardy, der sein ganzes Geld gesetzt, aber nicht die geringste Ahnung hatte, wie die Antwort lauten könnte. „Ist es die Anwaltsgehilfin? Ähm, ich bin hier, weil Charles mich eingeladen hat, ich schwöre es!"

Dabei legte ich mir die rechte Hand aufs Herz, in der Hoffnung, dass die misstrauischen Katzen mir glauben würden. Das taten sie aber nicht. Der kleine Jacques zeigte mir einen imposanten Katzenbuckel und stieß ein bedrohliches Fauchen aus.

Ich trat zwei Riesenschritte zurück und hob beschwichtigend die Hände. „Erinnert ihr euch nicht mehr an mich? Ich habe mich um euch gekümmert, als …" Vielleicht sollte ich ihr jüngstes Trauma besser nicht erwähnen, schließlich lag der Mord an ihrer Vorbesitzerin noch nicht lange zurück. „Als wir den Fall gelöst haben, damit der Senatorin Gerechtigkeit widerfährt. Wisst ihr noch?"

„Angie?", ertönte Charles' Stimme aus dem Flur, und ich hörte ihn rasch näherkommen. „Sprichst du mit Jay und Jay?", fragte er, als er es in die Küche trat. „Ich dachte, das kannst du nicht."

Oh, Mist.

Ich verschränkte die Arme und sah ihn finster an. „Wie kommt es eigentlich, dass immer du derjenige bist, der rein zufällig alle meine Geheimnisse aufdeckt? Ernsthaft, wie schaffst du das?"

„Gutes Timing?" Er hob Jillianne hoch und gab ihr einen Kuss auf die Stirn. Fassungslos beobachtete ich, wie sich diese Furie von einer Katze binnen Sekunden in eine zufrieden schnurrende Samtpfote verwandelte.

Ich seufzte zutiefst erleichtert. Und eines wusste

ich gewiss: Nie wieder würde ich diesen Ersatzschlüssel verwenden und hier hereinplatzen.

„Also?" Er zog dieses Wort extrem in die Länge, und sein bohrender Blick ließ keine Ausflüchte zu. „Kannst du neuerdings echt mit allen Tieren sprechen? Mensch Angie, das hätte uns beim Calhoun-Fall extrem weiterhelfen können."

„Ach, sei still", brummte ich und versuchte erfolglos, mich seinen grünen Augen zu entziehen. Selbst wenn er angespannt war, lag etwas Liebes und Herzliches in seinem Gesichtsausdruck. „Okay, du hast gewonnen. Und ja, ich kann jetzt auch mit anderen Tieren sprechen. Keine Ahnung, wieso und warum das auf einmal funktioniert, aber ich würde es im Moment lieber nicht an die große Glocke hängen, okay?"

„Hast du das gehört?", wandte er sich mit einer niedlichen Babystimme an die Katze in seinem Arm. „Sie denkt, wir würden ihr Geheimnis verraten. Das traut sie uns wirklich zu."

Seltsamerweise fand ich es ziemlich sexy, wie Charles seine gruselige Katze streichelte und liebkoste. Offensichtlich war ich immer noch in ihn verknallt, egal wie oft ich aus Versehen mitbekam, wie er seine schreckliche Freundin Breanne küsste. Abgesehen von seinem schlechten Geschmack in

Bezug auf Frauen und, na ja, ein paar anderen Dingen, war Charles definitiv der beste Kerl, den ich kannte.

Das bestätigte er mir schon im nächsten Moment, denn er legte mir beruhigend die Hand auf die Schulter und meinte: „Wir werden Octocat finden, und wir werden diese Klage niederschmettern. Alles wird gut."

Seine Berührung jagte mir einen kleinen Schauer über den Rücken, den ich schnell zu unterdrücken versuchte. Er war mein bester Freund und Chef – die denkbar unpassendste Wahl für eine Liebesbeziehung. Er und ich, das ging nicht, zumindest nicht im Moment.

Ich seufzte erschöpft. Dieser Tag kam mir schon unendlich lang vor.

Charles setzte Jillianne wieder auf den Boden und musterte mich prüfend. „Du glaubst mir doch, oder?"

„Ja", erwiderte ich hastig. Selbst wenn ich nicht wusste, was die Zukunft für uns beide bereithielt, so war ich mir sicher, dass Charles sich um alles kümmern würde, was aktuell schieflief. Es würde schon irgendwie alles gut ausgehen, nur zu welchem Preis, das musste sich erst noch herausstellen.

„Welches Gold befindet sich tatsächlich am Ende des Regenbogens?", fragte mich Jacques, der kleinere, gefleckte Kater, der mit etwas Abstand auf dem Küchenboden hockte. Offenbar war er nicht so gut im Rätselerfinden wie seine Gefährtin – wahrscheinlich ergriff sie deswegen in der Regel das Wort.

Trotzdem grübelte ich, was die Antwort darauf sein könnte. War das ein wichtiger Hinweis? Würde mir die Lösung helfen, meinen vermissten Kater zu finden?

„Weißt du, was das Gold am Ende des Regenbogens in Wirklichkeit ist?", gab ich die Frage an Charles weiter, während ich an meinem eingerissenen Daumennagel knibbelte – eine fiese Angewohnheit von mir, die ich einfach nicht ablegen konnte und die immer dann außer Kontrolle geriet, wenn ich nervös war.

Er blinzelte mich ein paar Mal an, dann brach er in Gelächter aus. „Ich weiß es nicht. Eine Schüssel Müsli? Komische Frage."

Ich drehte mich wieder zu Jacques um, doch der war schon irgendwo im Haus verschwunden. Hatte er mich nur veräppeln wollen oder versucht, mir etwas Wichtiges mitzuteilen?

Ob ich es jemals erfahren würde?

4

ch hoffe, du hast Lust auf gebratenes Hühnchen", meinte Charles genau in dem Moment, als ich die rot-weißen Schachteln auf dem Esszimmertisch erspähte. „Ich dachte, wir könnten etwas Nervennahrung gebrauchen", fügte er grinsend hinzu.

„Es riecht echt lecker!" Dann musste ich an Octocats Reaktion denken, als ich es einmal gewagt hatte, Fastfood-Hähnchen mit nach Hause zu bringen – das erste und letzte Mal. Er fand den fettigen Geruch damals so widerlich, dass er meinen Teller vom Tisch fegte und Flügel, Schenkel und Keulen auf den staubigen Boden fielen. Damit hatte sich jenes Abendessen erledigt.

Was hatte dieser kleine Kerl mir schon für Szenen gemacht ...

Charles musterte mich aufmerksam, während er sich einen Berg Pommes frites auf seinen Teller schaufelte. „Woran denkst du?", fragte er leise.

„An Octocat", gab ich traurig zu, wobei mir der große Angstkloß in meinem Hals beinahe die Luft abdrückte. „Glaubst du wirklich, dass es ihm gut geht?"

„Angie, sieh mich an." Seine Stimme klang wie „Keine Widerrede", sodass ich mich seinem strengen Blick stellte. „Dein Kater könnte wahrscheinlich die schlimmste Flutkatastrophe überstehen. Er ist zweifellos ein Überlebenskünstler – unverwüstbar wie eine Kakerlake. Wenn er sich etwas in den Kopf gesetzt hat, dann schafft er das auch, und ich bin mir absolut sicher, dass er im Moment nur eines im Sinn hat, nämlich zurück zu dir nach Hause zu kommen. Und das wird er auch. Okay?"

„Okay", murmelte ich. Der Vergleich mit der Kakerlake würde Octocat sicher nicht gefallen, wenn er hier wäre. Aber er war nicht hier, und schon begann ich erneut, mir Sorgen zu machen, dass wir ihn nie finden würden – schon gar nicht rechtzeitig zu seinem Gerichtstermin.

Charles ließ mich ein paar Minuten meinen Gedanken nachhängen und schaute mich dabei unentwegt an. „Sag, dass du mir glaubst", meinte er schließlich.

„Ja, ja, ich glaube dir", versicherte ich ihm rasch. Einerseits wollte ich das natürlich gerne, aber andererseits fiel es mir sehr schwer, da wir immer noch keine Ahnung hatten, wer oder was dahintersteckte. „Es ist trotzdem echt nicht leicht." Ich konnte das emotionale Chaos, das in meinem Inneren tobte, nicht verbergen. War es meine Schuld, dass mein geliebter Haustiger verschwunden war? Wenn ja, würde ich mir das nie verzeihen.

„Iss jetzt mal was", befahl Charles und deutete auf meinen Teller mit den salzigen Seelentröstern, die immer noch unberührt auf mich warteten.

Er hatte es gut gemeint, das wusste ich, trotzdem drehte sich mir bei diesem Anblick der Magen um. Ich verzog das Gesicht und lehnte mich zurück, um zumindest etwas Abstand zu dem ekelerregenden Geruch zu bekommen.

Meine Gedanken kreisten sofort wieder um Octocat. „Glaubst du, er hat Zugang zu Evian und Fancy Feast, wo auch immer er ist? Was, wenn er verhungert oder verdurstet? Was, wenn ...?"

„Okay, das reicht jetzt." Charles legte sein Besteck geräuschvoll weg und schob seinen Teller beiseite. „Du hast hiermit offiziell Redeverbot, bis du etwas im Magen hast."

„Aber …" erwiderte ich, doch dann fiel mir nicht sofort ein passendes Argument ein.

„Kein Aber", schnaubte er und verschränkte die Arme vor der Brust. „Während du isst, übernehme ich das Reden. Klaro?"

Ich saß betrübt da und schaute ihn stirnrunzelnd an, was ihm einen tiefen Seufzer entlockte.

Dann entspannten sich seine Gesichtszüge, und er beschwichtigte mich mit sanfter Stimme: „Komm schon. Ich versuche nur, dir zu helfen und ein guter Freund zu sein."

Obwohl mein Magen immer noch rebellierte, nahm ich gehorsam eine Hühnerkeule und lächelte Charles mit großen Augen an, bevor ich herzhaft von dem saftigen Fleisch abbiss. Zu meiner Überraschung schmeckte es recht lecker, und schlecht wurde mir auch nicht. Vielleicht war ich ja doch hungrig.

„Danke", sagte er mit einem kurzen Nicken in meine Richtung. „Also, wir müssen uns mit ein paar wichtigen Fragen befassen. Fangen wir mit dem Schiedsverfahren an. Ich nehme an, du kannst dich besser auf dein Essen konzentrieren, wenn ich dir langweilige, bürokratische Sachen erzähle."

Ich hielt den Daumen hoch, gespannt, was er sich überlegt hatte.

„Wie schon gesagt, bis dahin haben wir Octocat bestimmt zurück, das heißt, die Frist können wir problemlos einhalten." Er hob die Hand, um jegliche Einwände von mir abzublocken.

„Davon unabhängig", fuhr er mit Nachdruck fort, „und nur um sicherzugehen, werde ich morgen beim Gericht vorbeischauen und eine Fristverlängerung beantragen. In der Zwischenzeit werde ich mir eine Taktik für das Verfahren überlegen. Ich denke, die richtigen Argumente habe ich schnell zusammen. Ethel Fulton hat in ihrem Testament sehr eindeutig klargestellt, wie ihr Vermögen aufgeteilt werden soll und wen sie hauptsächlich begünstigen möchte. Und selbst wenn Octocat den größten Anteil erhalten hat, sind alle Familienmitglieder von ihr berücksichtigt worden."

Er hielt inne und trank rasch einen Schluck Wasser. Im Gegensatz zu Octocat bevorzugte er Leitungswasser, was ich irgendwie komisch fand. Schließlich hätte er sich auch Evian locker leisten können. Dann fuhr er fort: „Sie werden vielleicht argumentieren, dass Octocat und die monatlichen

Zahlungen, die er aus dem Treuhandfonds erhält, besser bei einem der Familienmitglieder aufgehoben wären, aber den Zahn können wir ihnen ziehen. Wir haben jede Menge Beweise, dass du dich fantastisch um ihn kümmerst. Viele Zeugen, die das ebenfalls bestätigen würden."

Ich schob meinen Teller beiseite, denn mehr ging gerade wirklich nicht rein. Nun fühlte ich mich zwar etwas besser, dennoch hatte ich weiterhin dieses schreckliche Durcheinander im Kopf. Und jetzt wirbelte da auch noch all das herum, was Charles mir zu dem Verfahren erklärt hatte.

„Mag sein, dass ich eine fantastische Katzenmama *war*", murmelte ich düster. „Aber jetzt ist mein Schützling entweder weggelaufen oder er wurde direkt vor meiner Nase entführt."

Charles nahm seine Gabel und fuchtelte damit herum, als wollte er auf mich losgehen. Dabei landete ein Tropfen Ketchup einen halben Meter weiter auf dem Tisch. Wortlos starrten wir beide einen Moment auf den Fleck.

„Wir werden ihn finden", versprach er erneut. „Und du weißt doch wie, oder? Du weißt, was du zu tun hast?"

Ich sah fragend zu ihm auf, während ich gedanklich die ganzen Orte durchging, an denen wir noch suchen mussten, und mir ausmalte, was ihm womöglich alles schon passiert sein könnte.

„Ähm, hallo!", rief er und wedelte dabei mit der Hand vor meiner Nase hin und her. „Du kannst jetzt auch mit anderen Tieren sprechen. Das ist gigantisch!"

„Jay und Jay waren nicht gerade begeistert darüber", wandte ich ein. Und ich wusste ja auch noch gar nicht, wie ich diese neue Fähigkeit richtig einsetzen konnte, musste noch viel lernen, da jede Spezies ihren eigenen Jargon und ihren eigenen sozialen Kodex zu haben schien. Verdammt, ich hatte doch gerade erst angefangen, Octocat mit jedem Tag etwas besser kennenzulernen, und jetzt gab es da draußen eine ganze Welt unbekannter Kreaturen, die es zu ergründen galt. Helfen konnte mir auch niemand, denn wen hätte ich zu diesem speziellen Thema um Rat fragen sollen?

„Ich meine doch nicht sie", kicherte Charles und nickte in Richtung seiner beiden launischen Katzen. „Bestimmt gibt es im Wald bei dir nebenan mindestens ein Dutzend Tiere, die sich regelmäßig in der Nähe deines Hauses oder sogar in deinem Garten aufhalten. Vielleicht hat eines von ihnen etwas gesehen."

„Ach du meine Güte, du hast recht!" Plötzlich

konnte ich es kaum erwarten, wieder nach Hause zu kommen. Auch wenn ich nicht genau wusste, wie ich mich ihnen gegenüber verhalten sollte, so konnte ich doch wenigstens probieren, mit ihnen zu sprechen. Außerdem war ich inzwischen so fertig, dass ich wirklich alles versucht und wahrscheinlich fast alles riskiert hätte, um meinen vermissten Freund wiederzufinden.

Charles lächelte mich an. „Geht's dir jetzt besser?"

Wirklich besser gehen würde es mir erst dann, wenn ich Octocat wieder an mich drücken konnte. Mit Sicherheit würde ich seinen kleinen, pelzigen Körper ganz fest umarmen, sobald ich ihn wiedergefunden hatte, und wahrscheinlich würde er mich wie verrückt kratzen. Doch selbst das wäre mir egal, wenn ich ihn nur wiederbekommen und er mir nicht die Schuld für das geben würde, was passiert war.

Und selbst wenn er mir die Schuld geben würde, könnte ich damit leben. Dann würde ich mir eben noch viel mehr Mühe geben, damit so etwas nie wieder vorkommt.

„Danke, dass du mir Mut gemacht hast", sagte ich zu Charles, der gerade unsere Teller abräumte.

„Jetzt ist Schluss mit mutlos", erwiderte er lachend. „Haben wir uns verstanden?"

Das hatte er zwar scherzhaft gemeint, versprechen wollte ich ihm jedoch nichts. Ich wusste nur, für Octocat würde ich jedes Hindernis und jeden Drahtseilakt gerne in Kauf nehmen.

Alles würde ich tun, um den besten Kater der Welt sicher nach Hause zu bringen …

5

Großmutter war nicht da, als ich von meinem Besuch bei Charles nach Hause kam. Sie schien mit ihrem kleinen, roten Sportcoupé unterwegs zu sein, vermutlich um unseren Suchradius zu erweitern.

Es dämmerte bereits, und normalerweise zogen sich die Tiere, die tagsüber oft in meinem Garten herumhüpften und -flatterten, nun in ihre nächtlichen Verstecke zurück. Einige der Waldtiere waren zwar definitiv nachtaktiv, aber mir war nicht wohl bei der Vorstellung, allein in den dunklen Wald zu gehen. Stattdessen beschloss ich, auch wenn es mir schwerfiel, früh ins Bett zu gehen, um meine Suche morgen bei Tagesanbruch fortzusetzen.

„Wo auch immer du bist, mein Schatz", flüsterte

ich in den Abendwind und hoffte, dass Octocat mich irgendwie hören und zumindest spüren würde, dass ich an ihn dachte, „ich hoffe, es geht dir gut.“

* * *

Am nächsten Morgen quälte ich mich beim ersten Anzeichen der Dämmerung aus dem Bett. Die Tiere waren schon wach, also musste ich es auch sein. Nans Auto stand wieder vor dem Haus. Sie schien noch zu schlafen, hatte mir jedoch eine ausführliche Nachricht auf dem Küchentisch hinterlassen:

Angie, mein Schatz,

ich weiß, du brennst darauf, unseren kleinen Kumpel wiederzufinden, aber bitte iss erst einen Happen. Da ist Kuchen in der Dose neben dem Kühlschrank, und darin sind ein paar von diesen kalten Fertig-Milchkaffees, falls ich nicht früh genug auf bin, um dir einen frischen Kaffee zu kochen.

An diesen Orten habe ich gestern Abend nach ihm gesucht ...

· · ·

Was folgte, war eine lange Liste von nahezu jedem Winkel Glendales. Kein Wunder, dass Grandma noch im Bett lag. Sie schien die ganze Nacht unterwegs gewesen zu sein. Trotzdem hatte sie „unseren kleinen Kumpel" nicht gefunden. Es sah mehr und mehr nach einer Entführung aus, weshalb wir ihn umso dringender bald finden mussten. Ich schnappte mir ein Stück Kuchen und einen der süßen Kaffees aus dem Kühlschrank als Wegzehrung.

Ob die Waldbewohner sich wohl von mir befragen lassen würden?

Draußen wurde ich von der Sonne umarmt und beruhigt, als hätte sie meine Zweifel gespürt. Hoffentlich würden die Tiere genauso entgegenkommend sein wie das Wetter.

Dann könnten wir tatsächlich etwas erreichen.

Eine kleine Meise saß auf dem Geländer der Terrasse und musterte mich mit schief gelegtem Kopf.

Ich blieb stehen und lächelte, so freundlich ich konnte. „Hallo", begrüßte ich sie, den Mund noch voller Kuchen.

Der kleine, rundliche Vogel reckte alarmiert den Hals und stellte sich auf die Zehenspitzen. „Es spricht!", rief er entsetzt.

Ich nickte und schluckte den Bissen hinunter,

bevor ich weiterredete. „Mein Name ist Angie, und ich habe mich gefragt, ob du weißt ..." Die Meise schlug wild mit den Flügeln und flatterte eilig davon, ohne mich auch nur eines weiteren Blickes zu würdigen.

Nun denn. Offensichtlich musste ich ein weniger scheues Tier finden. Meiner beschränkten Erfahrung nach war dieses ganze Federvieh einfach zu schnell aus der Fassung zu bringen und flog mir nichts, dir nichts davon. Definitiv nicht gerade nützlich, wenn man einen wertvollen Zeugen brauchte.

Ich ging zum Wald hinüber, der mein Grundstück an drei Seiten umgab. Am Rande der Bäume hielt ich inne, lauschte dem bunten morgendlichen Gezwitscher der Vögel und beschloss, mich nur als allerletzten Ausweg erneut an sie zu wenden.

Aus einem der Wipfel ertönte ein Rascheln, und tatsächlich sah ich einen Moment später ein Eichhörnchen, das von einem Ast zum nächsten sprang und dabei ein Liedchen trällerte, das von allen seinen Lieblingsnüssen zu handeln schien.

„So ein Tag, so wunderschön wie heute, ein toller Tag, um Eicheln knabbern zu gehen", schmetterte es, summte dann ein paar Takte, bevor es sein Lied fortsetzte. „Und ein Tag, um nach meinen Walnüssen zu sehen!"

„Hey!", rief ich in seine Richtung. Ich wusste nicht viel über Eichhörnchen, aber sie schienen definitiv nicht die scheuesten Kreaturen zu sein. Das könnte ich mir vielleicht zunutze machen.

Das kleine Nagetier blieb wie angewurzelt stehen. Es hörte sofort auf zu singen und starrte mich aus glänzenden, schwarzen Augen reglos an.

„Ich habe gehört, dass du gerne Nüsse isst." Mir war gerade eine Idee gekommen, die ich sofort austesten musste: „Aber magst du auch Erdnussbutter?"

Es hob die Nase und schnupperte übertrieben, als könnte es den nussig-süßen Duft direkt einsaugen. Eine Sekunde später kam es den Baumstamm heruntergeflitzt. „Hast-hast-hast du etwa Erdnussbutter?"

„Das kommt darauf an." Ich verschränkte die Arme und versuchte, einen gelangweilten, aber dennoch freundlichen Blick aufzusetzen.

Mit menschlichen Bestechungstechniken kannte sich Herr Eichhörnchen anscheinend nicht aus, denn nun platzte er fast vor Neugier und fragte abermals: „Du hast doch Erdnussbutter, oder?" Er kam noch ein Stück näher und reckte die Nase erneut in die Luft.

„Mein Name ist Angie, und ich wohne da

hinten", informierte ich ihn und zeigte mit dem Daumen über meine Schulter in Richtung meines Hauses.

Der quirlige Nager nickte energisch. „Ich bin Maple. Ich wohne etwa drei Bäume weiter und fünf nach rechts." Seine Stimme klang nun eher quietschig und nicht mehr so hastig wie eben. Anders. In dem Moment wurde mir klar, dass Maple höchstwahrscheinlich ein Mädchen sein musste.

Da ich nicht wusste, wie ich mich höflich danach erkundigen sollte, vermied ich die direkte Anrede. „Ich versuche gerade, meinen Freund zu finden", erklärte ich. „Wenn du mir dabei hilfst, gebe ich dir ein ganzes Glas Erdnussbutter dafür."

Maples Augen wurden noch größer. Sie setzte sich direkt vor mich hin und legte ihre pelzigen, kleinen Hände auf meine Schuhspitzen. „Wirklich? Ein ganzes Glas?", fragte sie fast ehrfürchtig, wobei sie mich unaufhörlich ansah.

„Ja", bestätigte ich mit einem vielsagenden Lächeln. „Aber zuerst musst du mir helfen, meinen Freund zu finden."

„Meinst du den anderen Menschen? Oder die Katze?" Maple kratzte sich am Kopf. „Ansonsten wohnt doch niemand in deinem Kobel, oder?"

„Die Katze", antwortete ich mit einem Nicken.

„Und woher weißt du, wer in meinem, äh, Kobel wohnt?"

„Ich beobachte euch manchmal von meinem Baum aus", informierte mich Maple unverblümt. „Manchmal klettere ich sogar auf das Dach, um euch besser sehen zu können. Ihr seid ein lustiges Trio, ihr drei."

Ich wusste nicht, ob das als Kompliment oder eher ironisch gemeint war, also sagte ich nur: „Ähm, danke?" Eigentlich fand ich es ein bisschen unheimlich, dass Maple uns offenbar regelmäßig beobachtete, doch möglicherweise hatte sie gerade deswegen wichtige Hinweise für mich.

„Gerne", erwiderte das Eichhörnchen und schnüffelte zum wiederholten Mal. „Erdnussbutter?"

„Erst die Katze, dann die Erdnussbutter", erinnerte ich sie.

„Oh, ich werd' fast verrückt vor Hunger, wenn ich nur an diese köstliche Creme denke, aber ich verspreche, ich werde mein Bestes geben, um dir zu helfen!"

Eindeutig würde es schwierig werden, meine neue Eichhörnchen-Freundin bei der Stange zu halten, also sollte ich mit meinen Fragen wohl besser schnell auf den Punkt kommen.

Ich nannte ihr die wichtigsten Fakten: „Octocat ist gestern am späten Vormittag oder am frühen

Nachmittag verschwunden. Wir haben überall nach ihm gesucht, konnten ihn aber nicht finden. Jetzt fragen wir uns deshalb, ob ihn vielleicht jemand entführt haben könnte. Hast du irgendetwas Ungewöhnliches gesehen, was hier um diese Zeit passiert ist?"

„Ungewöhnlich? Hmmm." Maple ergriff ihren buschigen Schwanz und begann, ihn mit den Fingern zu kämmen. Während sie nachdachte, wanderte ihr Blick ziellos umher. „Der große Hirsch war hier. Du weißt schon, der mit den vielen spitzen Enden an seinem Geweih? Er trieb sich eine Weile am Waldrand herum, was ich seltsam fand, da er sich normalerweise meist im Unterholz versteckt. Und meine Freundin Willow sagte, sie hätte den alten Menschen gesehen, wie er ein Nickerchen in der Sonne machte."

„Meine Großmutter?" Das klang definitiv nicht nach ihr, wo sie doch stets nur so vor Energie sprühte, aber wer sollte es sonst sein?

„Ja, ich glaube schon." Maple streckte ihre Pfötchen zu beiden Seiten aus, was an ein Achselzucken erinnerte. „Ich verstehe das total. Was gibt es Besseres als ein Schläfchen in der Sonne? Nur Nüsse essen ist schöner – vor allem Erdnussbutter. Hast du denn welche für mich?"

„Grandma ist übrigens eine Sie", erklärte ich ihr mit einem leisen Kichern. „Aber mach dir darüber keinen Kopf. Ich weiß, dass man das bei Menschen nicht so leicht erkennen kann. Und, ja, das versprochene Glas Erdnussbutter bekommst du natürlich. Aber könntest du mir vielleicht noch einen Gefallen tun, Maple? Es ist sehr wichtig."

Sie drehte sich langsam von mir weg und schien den Wald um uns herum zu inspizieren. Ich folgte ihrem Blick, konnte aber keine anderen Tiere in der Nähe wahrnehmen.

Dann wandte sie sich mir mit offenem Mund zu. „Habe ich das nicht schon getan?"

Ich ahnte, dass ich mein Erdnussbutter-Versprechen zügig einlösen musste, andernfalls würde meine erste tierische Informantin gleich zurück in ihre Bäume huschen. „Ja, deshalb kriegst du auf jeden Fall ein Glas Erdnussbutter. Und ich gebe dir noch eines, wenn du dich im Wald umhörst und versuchst, etwas darüber in Erfahrung zu bringen, was mit meiner Katze passiert sein könnte."

Maple salutierte vor mir und rannte dann laut rufend in den Wald davon. Keine Ahnung, wo sie diese spezielle Geste gelernt hatte oder was sie mit ihrem Kreischen bei den anderen Tieren erreichen wollte, aber ich würde meinen Teil des Versprechens zweifellos einhalten.

Zumindest wusste ich jetzt, dass uns einige der Tiere ziemlich genau beobachteten. Ob eines von ihnen mitbekommen hatte, was gestern passiert war?

Ich ging zurück ins Haus und betete, wirklich noch irgendwo ein Glas Erdnussbutter auf Lager zu haben. Hoffentlich würde mir Maple gleich etwas Neues berichten können.

Die qualvolle Sorge um meinen Kater wurde immer größer, und ich war mir nicht sicher, ob ich eine weitere Nacht überstehen würde, ohne ihn in Sicherheit zu wissen.

Ach, Octocat, wo steckst du bloß?

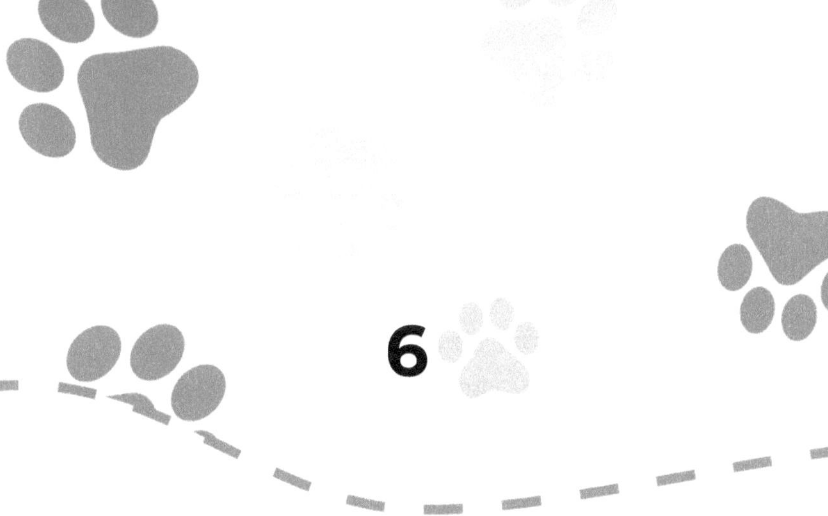

6

bwohl ich kaum eine halbe Stunde weg gewesen war, fand ich Großmutter zu Hause nun hellwach und komplett geschminkt vor. Sie trug ein blaues, knielanges Sommerkleid mit Spitzenbesatz, dazu eine pinkfarbene Strumpfhose und große, baumelnde Ohrringe.

„Hey, guten Morgen. Warum bist du denn so aufgedonnert?", fragte ich, als ich die Tür hinter mir zuzog.

„Aufgedonnert?" Grandma runzelte ein wenig die Stirn und kratzte sich am Hals. „Findest du? Ich hatte mir schon Gedanken gemacht, ob ich damit womöglich zu alt und verschroben rüberkomme."

Ich verdrehte die Augen und schüttelte den Kopf. Wie eine alte Schachtel sah sie wirklich nicht aus, doch in Sachen Mode diskutierte man besser nicht mit ihr. Wir hatten zwar beide einen sehr speziellen, allerdings auch sehr unterschiedlichen Geschmack.

„Wirkt die Spitzenbordüre nicht ein bisschen altmodisch?", hakte sie nach.

„Ich finde, du siehst gut aus", bestätigte ich ihr achselzuckend und lächelte sie an. „Aber du hast mir noch nicht verraten, warum du dich so herausgeputzt hast."

„Oh, nun ja, dieser nette junge Mann, Brock, hat angerufen und gesagt, dass er vorbeikommt, um ein paar Arbeiten zu erledigen." Grandma wippte mit den Schultern und kicherte – sie kicherte tatsächlich in sich hinein.

Das war verrückt. Selbst für ihre Verhältnisse.

Und besonders für die frühe Morgenstunde.

„Er will jetzt lieber Cal genannt werden", erinnerte ich sie. „Du weißt schon, kurz für Calhoun."

Großmutter studierte ihr Aussehen in dem antiken Spiegel, der neben der Tür hing. „Ah, stimmt ja."

„Aber das erklärt nicht, warum du dich so ... zurechtgemacht hast." Ich wollte schon sagen „aufreizend", verkniff es mir jedoch, und in dem Augenblick wurde es mir klar. *Natürlich.* „Du hast doch nicht etwa einen neuen Schwarm, oder?"

Sie winkte ab und verdrehte die Augen, aber ihr stieg unverkennbar die Röte ins Gesicht. „Papperlapapp. Es ist ja wohl keine Schwärmerei, wenn man nicht vorhat, irgendeinen Schritt in diese Richtung zu unternehmen. Außerdem, du dummes Huhn, habe ich bereits entschieden, dass er für dich ist."

„Für mich?", kreischte ich. „Das kann doch nicht dein Ernst sein!"

„Wieso nicht? Er ist Single. Du bist Single. Ihr kommt gut miteinander aus. Wo ist das Problem?" Ein verschmitztes Lächeln huschte über ihr Gesicht. „Es sei denn, du hast einen anderen Kerl im Visier?"

Sicher, es ließ sich nicht leugnen, dass Cal ein attraktiver Mann war, und wir verstanden uns prima. Aber in der jetzigen Situation erschien mir allein der Gedanke an ein Date vollkommen absurd. Kam nicht infrage. Nicht, bevor Octocat wieder wohlbehalten zu Hause war.

Ich stöhnte und dehnte den Nacken zu beiden Seiten, bis es knackte. „He, wo sind wir denn hier, Grandma? Doch nicht mehr im 19. Jahrhundert, oder? Ich kann mir durchaus selbst einen Freund suchen, wenn ich einen haben will. Im Moment mache ich mir aber mehr Sorgen um meinen verschwundenen Kater. Also, vielen Dank."

Sie schien völlig unbeeindruckt von meiner trotzigen Reaktion. „Das ist doch kein Grund, sich eine gute Gelegenheit entgehen zu lassen, wenn sie sich zufällig ergibt", meinte sie. „Außerdem, wenn du dir selbst einen Freund suchen kannst, warum hast du denn keinen? Lass dir doch von deiner alten Großmutter helfen. Übrigens, hast du vor, das da anzubehalten?"

„Das reicht!", rief ich, riss beide Hände hoch und marschierte direkt an ihr vorbei. „Ich werde draußen auf Cal warten, und du hältst dich da bitte raus. Am besten, du suchst weiter nach Octocat." Obwohl es mir selbst übertrieben dramatisch vorkam, knallte ich die Tür hinter mir zu und wäre beinahe in den feschen Handwerker hineingerannt.

„Oh, Entschuldigung", murmelte ich und versuchte, mich an ihm vorbeizuschlängeln, ohne das Gleichgewicht zu verlieren oder ihn peinlich anzurempeln. Dank Grandma war ich mir seines guten Aussehens jetzt noch mehr bewusst als sonst.

Cal sah mich mitleidig an und zog die Stirn in Falten. „Ist alles in Ordnung?"

„Alles super", antwortete ich mit erhobenem Daumen und zwinkerte ihm zu. Menno. Warum musste ich mich immer lächerlich machen?

Cal strich sich mit der Hand über den Nacken und ließ den Blick über die Veranda schweifen.

„Deine Großmutter hat mich vorhin angerufen und gesagt, du bräuchtest Hilfe beim Anbringen eines Schildes für dein neues Unternehmen." Er sah mich an, und seine dunklen Augen trafen auf meine. „Ich wusste nicht, dass du eine eigene Firma eröffnest. Wenn du einen Rat oder irgendetwas brauchst, helfe ich dir gern, wenn ich kann."

Verwundert fragte ich mich, warum Großmutter behauptet hatte, Cal habe bei uns angerufen. Er hatte keinen Grund, mir nicht die Wahrheit zu sagen, also hatte sie mich absichtlich angeschwindelt. Was bezweckte sie damit und warum gerade jetzt?

„Danke, Cal. Das ist ..." Ich hielt inne und räusperte mich, weil ich das Gefühl hatte, kaum noch Luft zu kriegen. „Das ist wirklich nett von dir. Ich sage dir auf jeden Fall Bescheid, wenn ich Hilfe brauche."

Er wippte auf den Fußballen vor und zurück und spähte unsicher in Richtung Tür, bis er schließlich fragte: „Also, ähm, wo ist denn das Schild?"

„Oh, einen Moment. Ich geh' schnell rein und hole es. Bin gleich wieder da." Flugs rannte ich hinein und ließ die Tür hinter mir zufallen, damit Cal mir nicht folgen konnte. Womöglich würde Grandma mich sonst noch mehr in Verlegenheit bringen, und das konnte ich jetzt echt nicht gebrauchen. Ich schnappte mir das Metallschild, ging wieder nach draußen und reichte es ihm.

Er lachte, als er es sah. „Ich schätze, das hat deine Großmutter gemacht."

„Jep." Hoffentlich würde sie nicht im nächsten Moment durch die Tür platzen.

„Und was genau ist das für ein Geschäft?"

„Eine Ermittlungsfirma, also eine Privatdetektei." Ich biss mir auf die Lippe, während er immer noch stirnrunzelnd auf den Schriftzug starrte.

„Und du bist jetzt eine Tierflüsterin – so eine Art Miss Doolittle?" Er schaute mir wieder in die Augen.

Ich trat einen Schritt zurück und rang mir ein Lachen ab. „Den Namen hat sich meine Mutter ausgedacht, und Grandma fand ihn auch klasse."

„Du kannst also nicht mit Tieren sprechen?", fragte er und hob eine Augenbraue. Er wirkte nicht kritisch, nur neugierig. Trotzdem hätte ich lieber einen anderen Namen für meine neue Firma gehabt.

Ich schüttelte den Kopf so heftig, dass ich praktisch ein Schleudertrauma bekam. „Ach Quatsch, nein!"

„Schade", erwiderte Cal, nachdem er leise mit der Zunge geschnalzt hatte. „Es wäre spannend zu erfahren, was die so zu sagen haben."

„Ja", pflichtete ich ihm lachend bei. „Das wäre es

sicherlich. Vor allem, weil mein Kater seit gestern verschwunden ist und ich mir große Sorgen um ihn mache.“

„Octavius, richtig?“, fragte er. „Ich erinnere mich an den kleinen Kerl. Soll ich dir suchen helfen? Das Schild ist in ein paar Minuten aufgehängt, und ansonsten habe ich keine Termine heute.“

Ich holte tief Luft und war plötzlich froh über seinen Besuch. Großmutter hatte bestimmt nur unseren Suchtrupp erweitern wollen, und diese romantischen Allüren waren einfach ihre Art, dem Ganzen ein wenig Flair zu verleihen, aber darum ging es nicht wirklich. „Danke, Brock. Sorry, ich meine, Cal. Wenn es dir nichts ausmacht?“

In einem der Fenster bewegte sich ein Vorhang, und dann erschien Grandmas Gesicht mit einem breiten, frechen Grinsen. Ich warf ihr natürlich einen finsteren Blick zu. Egal, ob sie das Herz am rechten Fleck trug oder nicht, manchmal ging sie ein Stück zu weit. Manchmal musste ich ein Machtwort sprechen und sie daran erinnern, dass es nicht in Ordnung war, sich derart in mein Leben einzumischen.

Weniger als eine Minute später riss sie die Haustür auf und schob sich zwischen uns. „Habe ich richtig gehört? Sie wollen uns bei der Suche nach unserem lieben Katerchen unterstützen?", säuselte sie und klimperte mit den Wimpern, die mir so lang vorkamen, dass ich mich fragte, ob das ihre echten waren. Zumindest musste sie mehrere Schichten Mascara aufgetragen haben.

„Ja, klar", antwortete Cal und bedachte sie mit einem charmanten Lächeln. Grandma konnte einfach jeden um den Finger wickeln. Das war so etwas wie ihr persönliches Supertalent.

„Ach, klasse", rief sie. „Angie und ich brauchen jede Hilfe, die wir kriegen können. Wir machen uns solche Sorgen um den Kleinen."

„Nicht der Rede wert. Es ist mir ein Vergnügen", versicherte Cal uns, als ein weiterer Wagen die Einfahrt hinauffuhr und vor dem Haus hielt.

Anscheinend waren wir heute Morgen eine beliebte Adresse. Wem die staubige, schwarze Limousine gehörte, erkannte ich sofort. Im nächsten Moment kam Charles auch schon schnellen Schrittes zu uns herüber.

„Grandma", rief er. „Ich habe mich sofort auf den Weg gemacht, als ich deine Nachricht erhielt. Ist alles okay?"

Grandma begrüßte ihn mit einer herzlichen Umarmung und lächelte mich dabei an. Würden heute Morgen etwa alle flotten Junggesellen von

Blueberry Bay bei mir auftauchen? Uff, hoffentlich nicht.

Was für eine merkwürdige Situation. Als wir alle so dastanden, schossen mir genau zwei Dinge durch den Kopf.

Erstens: Warum habe ich meiner Großmutter bloß beigebracht, wie man eine WhatsApp-Nachricht schreibt.

Und zweitens: Ich bringe sie um.

7

Alle außer Großmutter schienen sich bei unserem spontanen Suchtrupp-Meeting vor meiner Haustür ein wenig unwohl zu fühlen. Für einige Momente schwiegen wir uns an.

„Ist alles gut bei dir?", wandte sich Charles an Grandma, da sie ihm bei seiner Ankunft keine klare Antwort gegeben hatte. „Deine Nachricht hat mich beunruhigt."

„Oh, mir geht's gut, danke", antwortete sie mit einem Lächeln, wie es nur Großmütter aufsetzen können. „Ich mache mir nur solche Sorgen um Octocat. Du weißt ja, was los ist. Er ist letzte Nacht nicht nach Hause gekommen, und die arme Angie ist auch völlig fertig. Das ist eine schwierige Situation für uns, und wir könnten wirklich etwas Unterstützung gebrauchen."

Zumindest das entsprach der Wahrheit, und ich nickte zustimmend. „Tut mir leid, dass wir dich von der Arbeit abhalten", murmelte ich entschuldigend.

„Ist schon okay", sagte Charles, legte eine Hand auf meine Schulter und drückte sie kurz. „Das hier ist wichtig."

Cal, der eben noch sein Gewicht von einem Fuß auf den anderen verlagert hatte, trat einen kleinen Schritt zurück. „Hi, Charles", brummte er.

„Brock." Auch ihm legte er nun eine Hand auf die Schulter. „Schön, dich zu sehen, Mann."

Eine unbehagliche Spannung lag zwischen den beiden in der Luft, trotz der Tatsache, dass Charles den anderen vor nicht allzu langer Zeit vor einer Anklage wegen Doppelmordes bewahrt hatte und obendrein seit einigen Monaten mit dessen Zwillingsschwester zusammen war.

Ob sie sich deshalb nicht mehr ganz grün waren, wegen Cals Schwester Breanne? Und wenn ja, was hatte das zu bedeuten? Hatte Charles etwa Stress mit seiner Freundin? Vor allem, warum freute ich mich so über diese Möglichkeit? Verdammt. Schluss mit Tagträumen. Ich musste mich jetzt wieder voll darauf konzentrieren, meine verlorene Fellnase zu finden.

„Ich habe leider eine schlechte Nachricht", informierte uns Charles in diesem Moment und schaute von mir zu Grandma und wieder zu mir. „Ich habe mich direkt heute Morgen mit dem Gericht in Verbindung gesetzt, und leider ist es so, dass wir keinen Aufschub für das Schiedsverfahren bekommen können."

„Das heißt?", wollte sie wissen, wobei sie ungeduldig die Hand kreisen ließ.

Er seufzte. „Wir müssen Octocat finden, und zwar schnell. Nur so haben wir eine Chance, denen etwas entgegenzusetzen, und glaubt mir, ihr werdet das anfechten wollen."

„Wartet mal", unterbrach ihn Cal verwirrt und signalisierte mit den Händen eine Auszeit. „Der Kater muss vor Gericht erscheinen? Nicht ihr beide?"

„Der Kater", erklärte Charles, „ist der Begünstigte, also ja, er muss anwesend sein."

Cal ergriff meine Hand und drückte sie freundlich, dann sagte er: „Mach dir keine Sorgen, Angie. Ich bin mir sicher, dass wir ihn heute finden werden, und wenn nicht, kann es doch nicht so schwer sein, einen Doppelgänger aufzutreiben, den man notfalls mit vor Gericht nehmen kann?"

Ich war sprachlos und hätte ihn am liebsten sofort

weggeschubst, so unmöglich fand ich seinen Vorschlag.

Dann brach er in Gelächter aus. „Tut mir leid, das war ein Witz. Ich wollte nur die Stimmung ein bisschen auflockern. Ist wohl ziemlich danebengegangen."

„Gewaltig daneben", korrigierte ihn Grandma mit einem Augenzwinkern. „Cal, wie wäre es, wenn wir zwei uns zusammen auf die Suche begeben? Charles, bist du einverstanden, Angie zu begleiten?"

Ich sparte mir die Mühe, ihr zu erklären, dass ich dafür – oder für irgendetwas anderes – keine Begleitung brauchte. Und eigentlich war ich froh darüber, Charles bei der Suche für eine Weile an meiner Seite zu haben, vor allem, da ich immer mehr die Hoffnung verlor und sich ein äußerst bedrückendes Gefühl in mir breitmachte.

„Wir können da weitermachen, wo wir gestern Abend aufgehört haben, oder zumindest das tun, worüber wir gesprochen haben. Komm mit mir", forderte Charles mich auf und gab mir ein Zeichen, ihm in den Wald zu folgen.

Der Wald!

„Einen Moment noch!", rief ich und huschte an Grandma und Cal vorbei zurück ins Haus. Im Vorratsraum fand ich zum Glück ein ungeöffnetes

Glas Erdnussbutter für meine Eichhörnchen-Informantin Maple. Auf dem Rückweg achtete ich darauf, dass Cal es nicht sehen konnte, um unangenehme Fragen zu vermeiden.

„Na, hast du Gelüste?", feixte Charles, als ich bei ihm ankam.

Die Röte stieg mir ins Gesicht, doch dann erinnerte ich mich daran, dass er ja über alles Bescheid wusste. Vor ihm brauchte ich nichts zu verbergen, und es gab absolut nichts, das mir peinlich sein musste. „Sagen wir mal so, ich schulde einem Eichhörnchen einen Gefallen." Ich schnalzte mit der Zunge, und dann gingen wir los.

„Einem Eichhörnchen, hm? Hatte es irgendwelche interessanten Hinweise für dich?" Er fragte das, als wäre es die normalste Sache der Welt, und ich hätte ihn dafür knutschen können.

„Nicht wirklich. Es ist übrigens eine *Sie*. Ich habe sie gebeten, Augen und Ohren offen zu halten. Dafür müsste sie allerdings damit aufhören, ständig nur noch an Erdnussbutter zu denken."

Charles lachte leise. „Vielleicht müssen wir dir einen anderen tierischen Helfer suchen. Was denkst du, wer wäre gut im Detektivspielen?" Er rieb sich das Kinn und schnitt eine lustige Grimasse. Dann setzte er einen britischen Akzent à la Sherlock Holmes auf.

„Wie wäre es mit einem Vogel, Darling? Oder vielleicht einem Reh? Oh, was hältst du denn von einem Berglöwen?"

Ich war völlig hingerissen von ihm. „Ha-ha!" Mein Herz klopfte wie wild in meiner Brust, und ich musste mich zwingen, tief durchzuatmen.

Als sich unsere Schultern einen Moment später wie zufällig berührten, versetzte mich das erneut in einen innerlichen Ausnahmezustand. „Nein, jetzt mal im Ernst. Wonach sollen wir suchen?"

„Also, die Vögel reden nicht mit mir. Viel zu scheu." Wir gingen immer noch so dicht nebeneinanderher, dass ich an kaum an etwas anderes denken konnte. „Ich weiß nicht, wer hier sonst noch so unterwegs ist und habe bisher nie mit einem von ihnen gesprochen – das heißt, ich hab' keinen Plan."

„Komm schon", erwiderte er und streckte mir die Hand entgegen, als wir den Waldrand erreichten. „Lass es uns herausfinden."

Mein Puls raste, als ich sie ergriff. Bestimmt wollte er in diesem Moment nur ein Gentleman sein, aber ich hatte nun mal in den letzten Monaten meine Gefühle für ihn total unterdrückt. Er schien nicht die leiseste Ahnung zu haben, wie ich tatsächlich für ihn empfand, und obendrein hatte er natürlich eine Freundin.

Oder war da doch noch mehr? Mein Herz pochte wie wild, während wir nach einem Tier Ausschau hielten, das bereit sein könnte, mit uns zu sprechen.

„Lass uns weiter reingehen", schlug Charles vor und zog mich förmlich mit sich.

„Ich habe gehört, dass es hier tief in den Wäldern Bären gibt." Bei der Vorstellung, plötzlich einem solch gefährlichen Raubtier gegenüberzustehen, lief mir ein kalter Schauer über den Rücken. So ein Bär war sicher kein sonderlich kommunikativer Typ, der irgendwelche Probleme besprechen wollte – schon gar nicht mit einem Menschen wie mir, der ihn frech anquatschte.

„Vor denen habe ich keine Angst", beruhigte mich Charles. „Bei den Pfadfindern hat man uns gezeigt, wie man mit ihnen umgeht."

Ich konnte mir das Lachen nicht verkneifen. „Du bist in Kalifornien also vielen Bären begegnet, ja?"

„Haufenweise", bestätigte er und drückte meine Hand kurz und spielerisch.

Ein Zweig knackte einige Meter entfernt, und wir schauten beide sofort zu der Stelle. Eine hellbraune Hirschkuh stand dort hoch aufgerichtet und vollkommen still. Ihre dunklen Augen bohrten sich in meine, und ich konnte ihre Angst spüren, während sie fieberhaft zu überlegen schien, ob sie besser stehen bleiben oder wegrennen sollte.

„Wir tun dir nichts", flüsterte ich ihr sanft zu, aber das reichte schon, um sie zu verjagen. Im Zick-zack sprang sie durch den Wald davon und war binnen Sekunden aus unserem Blickfeld verschwunden.

„Ich tue dir nichts!", rief ihr hinterher. „Ich werde keinem von euch auch nur ein Haar krümmen. Könnte denn nicht irgendjemand mit mir reden, bitte?"

Erneut ertönte ein Knirschen. Die Blätter raschelten und wir ahnten, dass sich uns jemand von hinten rasch näherte.

Im nächsten Augenblick warf sich Charles unver-mittelt mit ausgestreckten Armen vor mich, als wäre er mein persönlicher Bodyguard.

„Bist du sicher, dass du keine Angst vor Bären hast?", scherzte ich, um dem Moment die Spitze zu nehmen, obwohl auch ich einen ordentlichen Schreck bekommen hatte. In diesem Wald war ich schon einmal überfallen worden, von einem fremden Mann, der mich gepackt und mir den Mund zuge-halten hatte. Da musste ich mein Schicksal ja nicht noch einmal herausfordern. Eine Begegnung mit einem Bären würde ich vielleicht nicht überleben, wenn es hier tatsächlich welche gab.

Alles wurde still.

Wir schwiegen und warteten, was da kommen würde.

Und dann erschien ein puscheliges, braunes Fellknäuel.

„Ist das meine Erdnussbutter?", quietschte Maple, die aufgeregt von Baum zu Baum sprang. Nicht zu fassen, dass ein kleines Eichhörnchen so viel Lärm verursachen konnte.

„Ja, die ist für dich", bestätigte ich ihr und ging in die Hocke, um ihr das Glas zu geben. „Aber zuerst möchte ich wissen, was du für mich in Erfahrung gebracht hast."

Maple flitzte auf mich zu und blieb kurz vor meinen Knien stehen. „Was meinst du denn?"

„Ähm. Was du über meine vermisste Katze herausgefunden hast?"

„Deine Katze ist verschwunden? O nein!"

In diesem Moment hoffte ich, dass Eichhörnchen nicht so gut darin waren, menschliche Emotionen zu deuten, denn meine Enttäuschung konnte ich nicht verbergen. Hatte Maple tatsächlich alles vergessen, worüber wir zuvor gesprochen hatten?

„Hier", sagte ich mit einem Seufzer, während ich

den Deckel des Glases abschraubte und es der Kleinen reichte. „Nimm es. Es gehört dir.“

Charles und ich sahen zu, wie Maple ihre Errungenschaft zur Seite kippte und mit euphorischen Juchzern wegrollte.

„Komm, gehen wir“, sagte ich seufzend. „Ich glaube nicht, dass wir hier draußen finden werden, was wir suchen.“

Ich hasste Niederlagen, und noch mehr hasste ich es, Zeit zu verschwenden, während Octocat sicher irgendwo auf mich wartete und mich brauchte. Es hatte wirklich keinen Sinn, Maple die Situation zu erklären, wenn sie es einen Moment später schon wieder vergaß.

Vielleicht sollte ich versuchen, diesen Hirsch zu finden. Wenn er mir helfen könnte, meine Katze zurückzubekommen, wäre es das Risiko wert.

8

chon zurück?“, rief Großmutter erstaunt, als Charles und ich eine Stunde nach unserem Aufbruch wieder ins Haus stapften. Dennoch kam es mir so vor, als wären wir eine Ewigkeit weg gewesen. Charles hatte darauf bestanden, unsere Ermittlungen im Wald gründlich durchzuführen und nicht so schnell aufzugeben, aber selbst er hatte zugegeben, dass wir keinen Schritt weitergekommen waren und die Aktion wohl als totalen Reinfall abhaken mussten.

„Ja“, grummelte ich, streifte mir an der Tür die Schuhe ab und schleuderte sie von mir. „Wir haben absolut nichts erreicht. Wie ist es euch ergangen?“

„Ich habe Cal nach Hause geschickt“, berichtete Grandma mit einem dramatischen Seufzer, und Wut huschte über ihr Gesicht, obwohl sie sich so etwas normalerweise nicht anmerken ließ. „Er hat sich bei mir mindestens zehn Minuspunkte eingehandelt mit seinem Vorschlag, einen Doppelgänger für Octocat zu finden. Was für eine furchtbare Idee!"

Da konnte ich ihr nur zustimmen. Selbst wenn er es scherzhaft gemeint hatte, wie er behauptete, fand ich es auch verletzend, und wäre unser Kater dabei gewesen, hätte er sicher einen Ausraster bekommen.

Im Wohnzimmer hatte Grandma auf dem Boden eine riesige weiße Pappe ausgebreitet, vor der sie nun mit einer Reihe bunter Filzstifte hockte, in der Hand einen knallroten.

„Was machst du da?", fragte Charles und ging näher heran, um einen Blick darauf zu werfen.

„Und woher hast du diese ganzen Bastelsachen?", fügte ich hinzu und folgte ihm.

Grandma blickte gebannt auf ihre Utensilien und erklärte: „Ich habe immer ein paar vorrätig, nur für den Notfall. Man weiß nie, ob man vielleicht schnell etwas aus Pappmaché bauen oder etwas töpfern muss."

„Ach so, ja klar", erwiderte ich und verdrehte dramatisch die Augen, damit Charles es auch mitbekam. Ich liebte meine Großmutter über alles, aber manchmal schienen ihre Prioritäten ein wenig aus dem Ruder zu laufen, etwa wenn sie meinte, bei einer lebenswichtigen Suchaktion auch noch Heiratsvermittlerin spielen zu müssen.

Dann schritt sie mit dem Rotstift zur Tat und murmelte: „Ich sammle sämtliche Fakten und Vermutungen, die uns bisher vorliegen, damit wir alles an einem Ort haben. Betrachtet das Plakat als Kommandozentrale. Schaut hier. Rot ist für die Dinge, die wir mit Sicherheit wissen. Blau sind die Punkte, bei denen wir uns noch nicht sicher sind."

„Und Schwarz?", fragte Charles und griff nach dem Stift.

„Schwarz sind Ideen, die wir bereits ausgeschlossen haben. Dinge, von denen wir zweifelsfrei wissen, dass sie nicht zutreffen", erklärte Großmutter. Sie schrieb mit großen, geschwungenen Buchstaben weiter und nickte dabei unaufhörlich mit dem Kopf. Dann hielt sie inne und riss Charles den Filzstift aus der Hand. „Das ist meiner, sorry!"

„Grandma!", rief ich entsetzt und fühlte mich in dem Moment wie ihre Mutter, auch wenn sie mich großgezogen.

Charles ging lachend darüber hinweg. Dann standen wir beide schweigend da und sahen zu, wie sie ihr Projekt abschloss,

„Okay, Kinder. Lasst uns mal den Ernst der Lage

besprechen", verkündete sie ein paar Minuten später, nachdem sie ihre Liste fertiggestellt und allen Filzstiften die Kappe wieder aufgesetzt hatte.

„Was wissen wir bis jetzt?", fragte ich. Auf unserer neuen Übersicht stand deprimierend wenig – sie zeigte im Grunde nur, dass wir noch nicht weit gekommen waren.

Großmutter richtete sich kerzengerade auf und faltete die Hände im Schoß. „Octocat ist weg. *Das ist Fakt*", begann sie. „Er ist gestern zwischen zehn und ein Uhr verschwunden. *Fakt.* Er wurde vielleicht gegen seinen Willen entführt. *Verdacht.* Außerdem kam gestern ein Brief an, in dem die Sache mit dem Schiedsverfahren angekündigt wurde. *Fakt.* Es könnte damit zusammenhängen. *Verdacht.*"

„Ich sehe kein Schwarz", bemerkte ich und suchte vergeblich nach entsprechenden Notizen auf unserem neuen Memoboard. „Was konnten wir denn schon ausschließen?"

„Noch nichts", erwiderte sie und zog die Stirn in Falten. Sie drehte den schwarzen Filzstift zwischen ihren Fingern, als wolle sie unbedingt etwas damit eintragen.

„Kopf hoch!" Charles versuchte, uns mit einem megabreiten Lächeln aufzumuntern, das schrecklich aufgesetzt wirkte. „Wir machen Fortschritte, auch wenn uns die noch ziemlich klein erscheinen."

„Oh, lasst uns auch noch eine Liste aller Orte zusammenstellen, die wir schon überprüft haben", rief Grandma vergnügt und wollte aufspringen.

Ich legte ihr eine Hand auf die Schulter und schüttelte den Kopf. „Die hast du mir doch schon heute Morgen gegeben. Auf dem Zettel, erinnerst du dich?"

„Ja, aber wir haben sie noch nicht hier, zusammen mit den anderen Infos zu unserem Fall", nörgelte sie.

„Warte, ich hole sie." Ich beschloss, jetzt einfach mal das zu tun, was Grandma vorschlug. Wenigstens brachte sie ein wenig Struktur in die ganze Sache, während ich bisher nur vergeblich im Wald herumgelaufen war, was mich im Grunde nur weiter verwirrt und frustriert und überdies ein Glas Erdnussbutter gekostet hatte.

Ich holte den Zettel aus der Küche und las ihr die Liste der Orte vor, an denen sie gestern Abend nach unserem Kater Ausschau gehalten hatte. Sie notierte diese mit einem grünen Stift. Endlich sah unser Memoboard etwas voller aus. Aber war das wirklich ein gutes Zeichen? Oder bedeutete es lediglich, dass uns die Möglichkeiten ausgingen?

„Wir werden ihn finden", versicherte Charles zum gefühlt hundertsten Mal an diesem Morgen, und obwohl ich seine optimistische Art ansonsten sehr schätzte, wünschte ich mir jetzt, er würde das nicht noch einmal betonen.

„Habt ihr die Nachbarn befragt?", wollte er wissen.

Grandma schnalzte mit der Zunge. „Ja natürlich. Das war das Erste, was wir gestern Nachmittag gemacht haben."

„Okay, was ist mit ...?" Er wurde durch das unerwartete Summen der elektronischen Katzenklappe unterbrochen, die sich im nahen Foyer öffnete.

War das möglich? War er etwa von ganz allein nach Hause gekommen?

„Octocat!" Ich sprang auf die Füße und raste stolpernd zur Tür. Die Klappe war so programmiert, dass sie sich nur öffnete, wenn der Sensor den kleinen Chip an seinem Halsband erkannte, was bedeutete, dass es nur er sein konnte, der da hereingetapst kam. Vor Erleichterung begann ich, leise zu weinen.

Vielleicht hatte er einfach einen Ausflug unternommen und dann war es zu spät, um zurückzukehren, oder er hatte sich verirrt und daraufhin ewig gebraucht, um wieder nach Hause zu finden. Oh, der junge Mann würde mir Rede und Antwort stehen müssen!

Auf den letzten Metern stemmte ich eine Hand in die Hüfte und setzte ein „Wo warst du so lange?"-Gesicht auf, als würde ich ihm gleich den Hintern versohlen.

Als ich um die Ecke kam, sah ich zuerst seinen gestreiften Schwanz, der mir jedoch extrem aufgeplustert erschien – vermutlich ein Zeichen, dass auch er ziemlich aufgeregt war.

Dann erkannte ich ein Paar dicke, graue Hinterläufe, die definitiv nicht zu meinem braunen Kater gehörten. Da wurde mir klar, dass ich hier nicht Octocat vor mir hatte, der seine triumphale Rückkehr zelebrierte, sondern einen Eindringling.

Aber wieso? Wie konnte dieses Viech ohne den mit der Katzenklappe gekoppelten Sender hier hereingelangen?

Ich rätselte noch darüber, als sich das Tier umdrehte und mich aus dunklen, von einer hellen Maske umgebenen Augen anstarrte. Ein Waschbär!

In der einen Hand hielt er das kaputte Halsband von Octocat und in der anderen eine leere Dose Fancy Feast. Woher war dieser Störenfried gekommen, und wie war er an die Sachen meiner Katze gelangt?

„Du hast mir einiges zu erklären, Freundchen!",
schnauzte ich ihn an, ohne darüber nachzudenken,
dass ich ihn damit in die Flucht schlagen könnte.
Dieser Waschbär war unsere einzige Spur! Obwohl
ich ihn am liebsten angeschrien hätte, musste ich
mich jetzt zusammenreißen und nett zu ihm sein,
sonst würde er mitsamt den heißersehnten Informa-
tionen davonrennen.

Zum Glück hatte er nicht die geringste Angst vor
mir. Er umklammerte die beiden Sachen, stellte sich
dann auf die Hinterbeine und neigte den Kopf zur
Seite, während er mich musterte. „Hast du gerade
etwas gesagt?", fragte er mit ungläubigem Blick.

Für einen kurzen Moment verharrte ich, und wir
schauten uns nur schweigend in die Augen. Ich
konnte spüren, dass Grandma und Charles hinter mir
aufgetaucht waren, aber sie gaben keinen Mucks von
sich.

Plötzlich brach unser ungebetener Gast in ein
schrilles Kichern aus, das mir sofort auf die Nerven
ging. „Oh, du kannst sprechen! Das ist ja so süß!"

Ich mag mir gar nicht ausmalen, was als Nächstes
passiert wäre, hätten Grandma und Charles mich
nicht an beiden Armen gepackt und zurückgehalten.
Vermutlich hätte ich mir einen kleinen Ringkampf

mit einem Waschbären geliefert – und mit Sicherheit verloren.

9

„Warum hast du das Halsband meiner Katze?", fauchte ich den Eindringling an, der mich aus kleinen, dunklen Kulleraugen fixierte. Es war mir in diesem Moment egal, ob er vielleicht Tollwut oder eine andere üble, ansteckende Krankheit hatte. Ich musste meiner Wut Luft machen. Und ich brauchte Antworten.

Der Waschbär fletschte die Zähne und brauchte dann unendlich lange, um sich zu entscheiden, ob er mit mir reden oder mich besser beißen sollte.

Schließlich sprach er und betonte dabei jedes Wort: „Octavius Maxwell Ricardo Edmund Frederick Fulton ist sein eigener Herr. Er gehört dir nicht, und du kannst ihn nicht besitzen, niemand hat das Recht dazu."

Ich hatte mich schon auf einiges gefasst gemacht, aber mit einer solchen Antwort hatte ich nun wirklich nicht gerechnet. „Du ke-ke-kennst-ihn?", stotterte ich und ließ mich auf die Knie fallen, um auf Augenhöhe mit ihm sprechen zu können.

Er lachte nervös, sank in sich zusammen und antwortete ohne Aufhebens: „Ob ich ihn kenne? Nein! Ich wünschte, es wäre so! Doch allein schon jetzt in seinem Haus zu stehen, ist eine enorme Ehre. Ich kann gar nicht in Worte fassen, wie ..."

„Du bist hier eingebrochen", fuhr ich ihn frustriert an. „Das ist nicht ehrenhaft."

Das Tierchen ließ den Kopf hängen und weinte. Ob seine Tränen echt waren, konnte ich nicht genau sagen, aber in diesem Moment stand er sowohl Grandma als auch Octocat in Sachen Drama definitiv in nichts nach. Na toll. Anscheinend war ich immer und überall nur von Schauspielern umgeben.

„Genug gejammert", blaffte ich ihn an, denn ich wollte endlich wissen, was hier gespielt wurde. „Sag mir endlich, wer du bist und was du hier willst. Bist du so eine Art Octocat-Fanboy?"

„Er bevorzugt seinen vollen Namen, nur mal so zur Info." Der Waschbär besaß tatsächlich die Dreistigkeit, mich zu korrigieren. „Und ich bin nicht nur eine Art Fanboy." Er schüttelte vehement den Kopf und verzog das Gesicht mit gebleckten Zähnen zu einem gruseligen Grinsen, das mich ein Stück zurückschrecken ließ. „Ich bin sein absolut allergrößter Fan. Numero uno, Baby!"

Es hatte bisher noch nicht viele Momente in meinem Leben gegeben, in denen ich mir die Hände völlig fassungslos vors Gesicht geschlagen hatte, aber das war einer davon. „Ich wusste nicht, dass Hauskatzen Fans haben können."

Er stürmte auf mich zu, bis nur noch wenige Zentimeter unsere Nasenspitzen trennten, und klärte mich auf: „Er ist nicht nur irgendeine Hauskatze, Lady! Er ist das Nonplusultra an tierischer Raffinesse."

Okay, es wäre wahrscheinlich geschickt, das Gespräch jetzt auf Octocats Verschwinden zu lenken. Vielleicht hatte unser Besucher ja irgendwelche Hinweise. Aber ich musste unbedingt noch wissen, wie mein Kater an diesen begeisterten Anhänger gekommen war. „Warum findest du ihn so toll? Wie kam es, dass du, ähm, sein größter Fan wurdest?"

Der Waschbär richtete sich auf und hielt sich theatralisch die Hand vors Gesicht. „Es begann in einer dunklen, sternenklaren Nacht. Ich ging wie immer meinen Geschäften nach, spionierte einigen Menschen hinterher, plünderte ein paar Mülltonnen, du weißt schon, das Übliche. Und siehe da, plötzlich fand ich etwas Neues und Wunderbares. Es glänzte und stach mir sofort ins Auge. Nicht nur, weil es wertvoll aussah, sondern weil es ... wow, einfach köstlich duftete!"

Er hob die leere Katzenfutterdose, die er mitgebracht hatte, vom Boden auf und hielt sie mir hin. „Fancy Feast war die größte Delikatesse, die ich je in meinem Leben gekostet hatte, und dann gab es auch noch jeden Tag mehr davon! Wow, ich war der glücklichste Müllschlucker in ganz Blueberry Bay."

Ich musste an mich halten, um nicht laut loszulachen. „Hast du dich gerade echt selbst einen Müllschlucker genannt? Krass. Aber erzähl weiter, bitte."

„Natürlich wollte ich erfahren, woher dieses himmlische Essen stammte. Also beobachtete ich den Ort des Geschehens. Und da sah ich Octavius zum ersten Mal. Schlau wie ich bin, erkannte ich sofort, dass es sein Essen war, von dessen Resten ich mich ernährte. Ich fragte mich, welch andere wunderbare Dinge er noch sein Eigen nannte, also legte ich mich weiter auf die Lauer, wenn du so willst. Bald lernte ich etwas über Evian, so ein Apple-Dingsda, Sonnenbäder und eine Million anderer erstaunlicher Sachen. Als ich sein Halsband hier fand, wusste ich sofort, dass es das Kronjuwel in meiner Fanartikel-Sammlung werden würde. Und ich kam rein, weil ich gespannt war, was ich sonst noch finden würde oder ob ich – beim großen Waschbären im Himmel – vielleicht sogar die Chance bekäme, Meister Octavius persönlich zu treffen."

„Wie ist dein Name?", fragte ich skeptisch. Zum ersten Mal seit Octocats Verschwinden war ich tatsächlich froh, dass er nicht da war. Wenn er das gerade gehört hätte, meine Güte, ich glaube, sein Ego wäre mit ihm durch die Decke gegangen.

Der Waschbär stellte die leere Katzenfutterdose zurück auf den Boden und versuchte, sich Octocats Halsband umzulegen. Er lächelte erneut irritierend zahnreich und fragte mich: „Wäre es zu viel verlangt, dass du mich Octavius nennst? Wenn ich mir einen Namen aussuchen könnte, dann wäre es ganz sicher dieser."

„Ja, das ist definitiv zu viel verlangt." Dieser Rabauke brauchte meiner Meinung nach klare Ansagen, wenn man etwas bei ihm erreichen wollte. Wenigstens schien er clever und nicht vergesslich zu sein. Vielleicht würde er uns sogar helfen wollen. „Wie ist dein richtiger Name?"

Er zog einen Schmollmund und schaute auf seine Füße. „Pringle.“

Anscheinend war ihm das peinlich, dabei fand ich seinen Namen voll süß.

„Freut mich, dich kennenzulernen, Pringle. Ich bin Angie.“ Ich streckte ihm die Hand entgegen und schüttelte seine Pfote. Der schlaue Waschbär kannte offensichtlich nicht nur die Gepflogenheiten meiner Katze, sondern auch die der Menschen, denn er erwiderte die freundliche Geste.

„Also, Pringle. Wie kommst du zu diesem Namen?“ Zugegeben, das Kerlchen hatte mich schon um den Finger gewickelt – und Hoffnungen geweckt.

„Tja, *Angie*“, begann er ohne Umschweife, „das ist eine lange Geschichte. Als meine Mutter mich und meine Geschwister im Bauch trug, waren Pringles ihr absoluter Lieblingssnack. Da ich als Erster zur Welt kam, hat sie mich Pringle getauft. Hey, eigentlich ist die Geschichte doch nicht so lang. Jetzt weißt du es.“

Das brachte mich ein wenig zum Lachen, doch ich fasste mich rasch wieder, denn das, was ich meinem neuen Freund nun erzählen wollte, würde ihm nicht gefallen: „Okay, Pringle. Danke, das war eine schöne Geschichte, aber ich habe leider keine guten Nachrichten für dich. Unser lieber Octavius ist verschwunden, seit fast vierundzwanzig Stunden, und wir sind völlig ratlos, wo wir ihn noch suchen sollen."

Der Waschbär hielt sich die winzigen schwarzen Hände vors Gesicht. „Octavius, nein!", rief er. „Du warst viel zu jung und perfekt, um so früh von uns zu gehen." Daraufhin fiel er in einem gespielten Ohnmachtsanfall hintenüber, und ich fragte mich, ob er womöglich heimlich öfters mit fernsah, wenn er uns tagsüber ausspionierte.

„Hey. Nein, das hast du falsch verstanden!" Ich stupste ihn an, und er setzte sich wieder auf. „Er ist nicht tot! Wie kommst du darauf?"

Pringles Augen wurden immer größer und begannen zu leuchten. „Dann lebt er! Unser lieber Octavius ist am Leben!"

Als ich zur Bestätigung nickte, vollführte er einen Luftsprung und reckte begeistert die Faust in die Höhe. Was für eine seltsame kleine Kreatur.

„Bitte Pringle, du darfst keine voreiligen Schlüsse ziehen. Hör einfach zu, okay?" Ein Lächeln huschte über mein Gesicht, denn mir wurde klar, wie ich zu dem hyperaktiven Waschbären durchdringen konnte. „Sonst sehen wir Octavius womöglich nie wieder. Alles hängt nur von dir ab."

„Es ist mir eine enorme Ehre", sagte er und

verbeugte sich, obwohl ich beim besten Willen nicht wusste, warum. „Ich bin ganz Ohr!"

Ich nickte. „Gut. Komm mit und lerne den Rest des Octavius-Fanclubs kennen. Dann bringen wir dich auf den neuesten Stand der Dinge."

„Aber ich bin immer noch der Präsident des Fanclubs, weil ich der Numero-uno-Fan bin", wandte er ein und beäugte Charles und Grandma leicht aggressiv, als wir uns näherten.

„Natürlich bist du das", versicherte ich ihm. „Du bist definitiv sein größter Fan. Ich glaube nicht, dass dir einer von uns diese Ehre streitig machen wird."

Pringle grinste, als hätte er gerade einen äußerst begehrten Preis gewonnen.

Charles begrüßte unser neues Mitglied mit einem Winken. Anhand von Großmutters Memoboard informierte ich den Waschbären über alles, was wir bisher wussten. Zweifelsohne vergötterte er Octocat, doch könnte das der Schlüssel sein, um diesen Fall zu knacken?

Oh, ich hoffte es inständig.

10

Pringle lief unruhig im Wohnzimmer auf und ab, teils auf den Hinterbeinen, teils auf allen Vieren hoppelnd. Dabei redete er ununterbrochen.

Ich konnte seinen Monolog gar nicht so schnell für Grandma und Charles übersetzen, und deswegen unterbrach er mich zwischendurch ungeduldig.

„Wer auch immer Octavius entführt hat ... das wird er uns büßen, das wird ihn teuer zu stehen kommen." Zur Bekräftigung schlug er sich mit seiner kleinen Faust in die offene Handfläche. „Ich werde nicht eher ruhen, bis er wieder zu Hause ist. Ich werde nichts essen, bis er ... okay, vielleicht keine so gute Idee, ein Waschbär muss schließlich bei Kräften bleiben, wenn er seinen Katzenfreund aus einer gefährlichen Notlage retten will."

„Ähm, darf ich dich mal was fragen?" Ich hob meine Hand, um Pringles Aufmerksamkeit auf mich zu lenken. „Hast du Octocat überhaupt schon einmal getroffen?"

Er seufzte und zuckte mit den Schultern. „Noch nicht, aber ich gehe davon aus, du stellst mich vor, wenn er wieder zu Hause ist, ja?" Seine Augen wurden immer größer, und für einen kurzen Moment hörte er mit dem Getrippel auf und verharrte heftig zitternd, wohl vor Aufregung.

Gerne hätte ich ihn gestreichelt, doch wusste ich nicht, wie er auf eine solch intime Geste reagieren würde. Also lächelte ich ihn nur an. „Ich bin mir sicher, dass er nichts lieber täte, als den Präsidenten seines persönlichen Fanclubs kennenzulernen", versicherte ich ihm. „Danke, dass du uns helfen willst."

Pringle stellte sich auf die Zehenspitzen, breitete die Arme weit aus und verkündete: „Natürlich. Nur darum bin ich auf Erden. Octavius ist eine lebende Legende, und so soll das auch noch lange, lange bleiben, damit er die Tierwelt in nah und fern weiter inspirieren kann." Er schlug sich mit der Faust auf die Brust, kniete dann nieder und senkte ehrfürchtig den Kopf.

Da ich nicht wusste, wie ich darauf reagieren sollte, tätschelte ich ihn zwischen den Ohren und sagte: „Danke für deine Unterstützung."

Er hob den Kopf, die Faust weiter fest an die Brust gedrückt. „Es ist eine Ehre, ihm zu dienen. Was ist meine erste Aufgabe?"

Oje. Ich hatte wohl gerade versehentlich einen kleinen Waschbären zum Ritter geschlagen.

Er kniete immer noch vor mir, und ich kniff angestrengt die Augen zusammen. Die ganze Szene hätte urkomisch sein können, wenn ich mir nicht so große Sorgen um Octocat gemacht hätte.

Pringle räusperte sich. „Lady Angela, mein Auftrag?"

„Oh, ja richtig." Ich brauchte eine Sekunde, um mich zu sammeln. Wir hatten also nun einen Helfer, der halb mittelalterlicher Ritter und halb lautstark krakeelender Octocat-Fan war. Und er hatte geschworen, meinen Kater zu finden. Wir teilten die gleiche Leidenschaft und das gleiche Ziel. Hoffnung keimte in mir auf, und mir fielen sofort verschiedene Aufgaben für ihn ein.

„Ich möchte dich bitten, mit den anderen Tieren im Wald zu sprechen. Finde heraus, ob sie etwas gesehen oder gehört haben, das nützlich sein könnte. Wenn es dunkel wird, kommst du zurück und behältst im Auge, was rund um das Haus vor sich geht. Wenn du etwas Verdächtiges beobachtest, lass es uns wissen.“

„Stets zu euren Diensten.“ Pringle warf mir einen letzten Blick zu, bevor er durch die Katzenklappe nach draußen stürmte, um seinen Auftrag auszuführen.

„Hoffentlich hat er mehr Erfolg als wir“, meinte Charles und riss mich aus meinen Gedanken. Ich hatte seine und Grandmas Anwesenheit schon völlig verdrängt. Wenn ich mit Tieren sprach, vergaß ich manchmal alles um mich herum.

„Zumindest ist er vorerst beschäftigt“, erwiderte ich und zuckte mit den Schultern.

Großmutter drehte ihr Plakat um und nahm einen violetten Filzstift zur Hand. „Hör mal, Liebes. Ich weiß, das ist jetzt nicht leicht für dich, aber wir müssen mal über dich reden. Oder besser gesagt, wer es auf dich abgesehen haben könnte.“

Erneut fühlte ich Panik in mir hochsteigen. „Denkst du, jemand hat Octocat entführt, um sich an mir zu rächen?“

„Nun ja, er selbst hat doch eigentlich keine Feinde, also müssen wir diese Möglichkeit in Erwägung ziehen." Charles kam zu mir und legte einen Arm um meine Schulter. Ich lehnte den Kopf an seine Brust und versuchte, den Gedanken zu verdrängen, ich könnte für den Tod meines besten vierbeinigen Freundes verantwortlich sein. Leider gab es keinerlei Anzeichen, dass er jemals wieder nach Hause kommen würde oder dass er überhaupt noch lebte.

„Also, Schatz. Wer hasst dich am meisten auf dieser Welt?" Grandma schien es nicht zu stören, dass in mir gerade eine Flut von Emotionen tobte. Sie war schon immer eine Frau klarer Worte gewesen.

Hass – wow. Harter Tobak. Gab es wirklich Leute da draußen, die mich hassten?

„Und wer kennt dich gut genug, um zu wissen, dass es dir sehr wehtun würde, deine Katze zu verlieren", fügte Charles leise hinzu.

„O ja, ein wichtiger Punkt", meinte Großmutter kichernd. Als sie Charles' Hand auf meiner Schulter erblickte, zwinkerte sie mir zu. Sie schien tatsächlich Spaß an diesem ganzen Durcheinander zu haben – zu viel Spaß, für meinen Geschmack.

„Hass ist so ein krasses Wort", entgegnete ich ihr und löste mich aus Charles' Arm. Sofort lief mir ein kalter Schauer über den Rücken.

„Es ist auch ein mächtiges Gefühl", stimmte sie

zu. „Ich weiß, es ist schwer, darüber nachzudenken, aber ich bin mir ziemlich sicher, dass die Leute, die du ins Gefängnis gebracht hast, nicht gut auf dich zu sprechen sind."

Ich stand auf, durchquerte den Raum und ließ mich stöhnend aufs Sofa fallen. „Okay. Also erstens, habe nicht ich sie ins Gefängnis gebracht, sondern ihre Verbrechen. Und zweitens, sie sind noch *im Knast.* Wie sollten sie Octocat entführen, selbst wenn sie es gewollt hätten?"

„Sie hat recht", meinte Charles zu Grandma, und beide seufzten gleichzeitig. Es war mir regelrecht unheimlich, dass wir drei uns inzwischen so gut kannten, dass wir teilweise sogar schon die Marotten der anderen übernommen hatten. „Möglicherweise steckt nicht nur ein Mann dahinter, sondern zwei."

„Oder zwei Frauen. Böse Mädchen gibt es ja schließlich auch." Perverserweise stand ihr bei dieser Anmerkung der Stolz ins Gesicht geschrieben. Was für eine verkorkste Form von Frauenpower.

„Dieser Peter, der letztens bei uns gearbeitet hat, mochte dich offensichtlich nicht besonders", lenkte Charles ein. Er meinte Bethanys gruseligen Cousin, der für eine Weile als Aushilfe in unserer Kanzlei sein Unwesen getrieben hatte. Ich musste mir sogar den Schreibtisch mit ihm teilen. Als er vor Kurzem ins weit entfernte Georgia entschwand, hatte ich drei Kreuze geschlagen.

„Ja, und war da nicht noch ein anderer Typ, der fristlos entlassen wurde, nachdem du dich über sexuelle Belästigung beschwert hattest?", unterbrach ihn Grandma. „Brad hieß der doch, oder?"

„Ja und ja, aber diese beiden Typen waren einfach nur widerlich", stöhnte ich. Wollte mir meine sonst so stolze und feministische Großmutter etwa Vorwürfe machen, weil ich mir das nicht gefallen ließ? Unglaublich.

„Brad hat praktisch jeden sexuell belästigt und hätte schon lange gefeuert werden müssen, bevor ich mich über ihn beschwert habe. Und übrigens bin ich auch nicht die Einzige, die das getan hat. Peter dagegen hatte mich schon vom ersten Tag an auf dem Kieker. Gott sei Dank sind sie jetzt beide weg."

Grandma runzelte die Stirn und spielte mit ihren Stiften herum. „Hey, ich will dich nicht ärgern. Ich versuche nur zu helfen, damit wir unseren kleinen Kumpel bald wiederkriegen."

„Ich glaube, wir kommen so nicht wirklich weiter. Lasst uns etwas anderes versuchen", schlug Charles netterweise vor, um mich aus der Situation zu retten.

„Ja, Angie scheint jetzt auch ziemlich fertig mit den Nerven zu sein." Großmutter setzte sich neben mich aufs Sofa und legte ihre faltige Hand auf mein Knie.

„Es ist nicht lustig, eine Liste von Leuten zu erstellen, die dich nicht leiden können", wandte ich mich an die beiden. Es schien, als würde dieser Tag mit jeder Stunde schlimmer werden. „Mach das selbst mal, dann wirst du schon sehen."

„Oh, es gibt niemanden, der mich nicht leiden mag." Grandma fuhr sich mit den Händen durchs Haar und wippte dabei hin und her. „Ich bin doch nur eine schrullige, alte Oma."

„Aha." Nun musste ich doch grinsen. Wenigstens waren wir mit dem Thema „Angies schlimmste Feinde" endlich durch.

Charles kam herüber und setzte sich auf meine andere Seite. „Es sieht mehr und mehr danach aus, dass es etwas mit Ethel Fultons Testament zu tun hat. Womöglich war jemand unzufrieden mit der Aufteilung des Erbes."

„Er hat recht", pflichtete meine schrullige Oma ihm bei und lehnte sich zurück in das harte Polster des antiken Möbelstücks. „Es ist schon sehr verdächtig und passt zeitlich voll zusammen."

„Und seid ihr euch sicher, dass er nicht einfach aus freien Stücken losgezogen ist?" Charles hob abwartend eine Augenbraue.

„Auf keinen Fall", riefen Grandma und ich unisono.

Er presste die Lippen zusammen und gab ein Brummeln von sich. „Das schränkt die Auswahl an Kandidaten natürlich erheblich ein. Da Ethels Testament über unsere Kanzlei gelaufen ist, kann ich sicher eine Kopie bekommen. Aber ihr müsst mir alles erzählen, was ihr über die Beteiligten wisst, denn das ist ja passiert, bevor ich hierhergezogen bin."

„Sollen wir Officer Bouchard anrufen und ihm Bescheid geben?", fragte Grandma. Ich wusste genau, dass sie schon vor fast einem Jahr ein Auge auf den örtlichen Polizeibeamten geworfen hatte. O Mann. Sie und ich waren praktisch in jeden Junggesellen in unserer kleinen Stadt verknallt. Nicht, dass wir je mit einem von ihnen ausgegangen wären, aber trotzdem.

Charles schüttelte den Kopf und runzelte die Stirn. „Was soll das bringen? Wir haben doch keinerlei Beweise."

„Du weißt, was das heißt!" Großmutter stieß sich fest von meinem Knie ab und sprang auf die Füße. „Wir müssen los und welche finden."

11

Grandma blieb zu Hause, während Charles und ich zur Anwaltskanzlei fuhren, um uns eine Kopie von Ethels Testament sowie eine Liste aller Begünstigten zu besorgen.

„Da sind an die dreißig Leute erwähnt", stöhnte ich und blätterte das umfassende juristische Dokument ein zweites Mal durch. „Woher sollen wir wissen, wer Octocat entführt hat?"

„Lass uns eine Liste mit Adressen und den letzten bekannten Kontaktinformationen erstellen", schlug Charles vor und öffnete ein neues Dokument auf seinem Laptop. „Dann können wir wahrscheinlich schon diejenigen ausschließen, die weit weg wohnen, und dann sehen wir weiter."

„Ich schaue mir auch mal an, was ich über unsere

Verdächtigen in den sozialen Medien erfahren kann." Und schon hatte ich mein Handy aus der Tasche gefischt und schwenkte es mit einem schelmischen Grinsen zwischen uns hin und her. „Die Leute sind da oft erstaunlich durchschaubar, weil sie meinen, dass sich ohnehin niemand für ihre Posts interessiert. Vielleicht finden wir heraus, wer unglücklich über das Testament ist oder sich mit Geldproblemen herumschlägt. Irgendjemand wird ja wohl ein klares Motiv haben. Wir müssen nur tief genug danach graben."

„Clever, Angie. Das gefällt mir. Dann nichts wie ran an die Arbeit!" Daraufhin wandte sich Charles wieder seinem Computer zu.

So verstrichen mehrere Stunden. Ich nahm mir ein Beispiel an Grandma und verwendete farbige Markierungen für die einzelnen Personen auf der Liste, je nachdem, was wir jeweils über ihn oder sie herausgefunden hatten und wie wahrscheinlich es war, dass diese Person unser Katzen-Kidnapper sein könnte.

„Die blauen Häkchen sind für die Leute, die bei der Testamentseröffnung anwesend waren", erklärte ich, nachdem wir beide unsere Recherchen beendet hatten. „Mensch, das kommt mir vor, als wäre es schon ewig her."

Mein Leben hatte sich seit diesem Tag enorm verändert. An jenem Morgen war ich ins Büro gekommen, und mein Chef Thompson hatte an meinem Outfit herumgemeckert, meinte, ich solle mir einen Blazer von Bethany leihen, mit der ich jedoch damals noch nicht so richtig befreundet gewesen war. Kurz darauf bekam ich einen Stromschlag von der alten Kaffeemaschine, und nachdem ich wieder zu mir gekommen war, konnte ich plötzlich mit Octocat sprechen. Von da an ging richtig die Post ab.

Jetzt hatte ich einen sprechenden Kater als besten Freund, lebte in einer der protzigsten Villen des ganzen Bundesstaates und war kurz davor, meine eigene private Ermittlungsfirma zu eröffnen.

Das heißt, sobald ich den Mut aufbringen würde, Charles meine Kündigung vorzulegen.

Ich schluckte den aufsteigenden Kloß im Hals hinunter und erklärte Charles meine Liste: „Das schwarze X bedeutet, dass das Profil dieser Person entweder auf privat gesetzt ist oder dass ich nichts finden konnte. Leute, die mir verdächtig vorkamen oder denen ich die Entführung zutrauen würde, habe ich mit einem roten Kreis markiert."

„Aber fast jeder hat einen roten Kreis", bemerkte

Charles mit einem Grinsen, das mir einen Stich versetzte.

„Hey, nicht lachen. Das ist eine ernste Angelegenheit." Ich warf ihm einen bösen Blick zu, und er wurde schlagartig ernst.

„Hast ja recht. Tut mir leid."

„Was hast du herausgefunden?" Ich hoffte verzweifelt, dass er mehr Leute hatte ausschließen können als ich.

„Tja, nur eine Handvoll wohnt hier in der Nähe, also kommen die wohl am ehesten infrage." Er drehte seinen Bildschirm zu mir herüber, sodass ich die Liste der Namen und Adressen sehen konnte, die er der Entfernung nach sortiert hatte, oben diejenigen, die am nächsten wohnten.

„Klasse!" Voller Tatendrang stand ich auf. „Druckst du mir die aus, dann fahre ich da sofort vorbei, um die abzuchecken. Ach nein, warte, ich mache schnell ein Foto davon."

Ich nahm mein Handy und öffnete die Kamera-App, doch in dem Moment klappte Charles den Laptop zu und ließ seine Hand auf dem Deckel ruhen.

„Nein, das wirst du nicht." Regungslos wartete er darauf, dass ich klein beigab. Verdammt. Manchmal konnte er schon nervig sein. „Wer auch immer

Octocat entführt hat, wird dich definitiv wiedererkennen und Grandma wahrscheinlich auch."

„Ja gut, und was jetzt?" Ich stampfte mit dem Fuß auf wie der melodramatische Teenager, der ich einst war. „Soll ich Däumchen drehen oder was?"

Ein freundliches Lächeln glitt über sein vertrautes Gesicht, was mich sofort beruhigte. „Das habe ich nicht gesagt. Aber diese Überprüfung werde ich selbst in die Hand nehmen."

Jetzt musste auch ich lächeln, froh und dankbar, dass er sich so für diese Sache engagierte. „Super, dann lass uns gehen", antwortete ich und griff nach dem Laptop, um die Adressen abzufotografieren.

Er hob einen Zeigefinger und fuchtelte vor meiner Nase herum. „Nein, Angie. Du kommst nicht mit. Vertrau mir, okay? Ich werde das nicht vermasseln. Glaub mir, ich will den Kleinen genauso sehr zurückhaben wie du. Aber heute Nachmittag habe ich einen Gerichtstermin, also kann ich diesen Hinweisen erst im Anschluss daran nachgehen."

Ich musste mich zusammenreißen, um nicht zu seufzen. Er hatte ja recht, aber das machte das Warten nicht leichter. Mit hängendem Kopf presste ich schließlich ein „Danke" hervor.

„Klar, gerne", raunte Charles. „Komm, ich bringe

dich nach Hause. Vielleicht hat Pringle etwas Neues herausbekommen, während wir weg waren."

Wir konnten nur hoffen ...

* * *

Natürlich hatte Pringle in der Zwischenzeit keine neuen Hinweise gefunden und Großmutter auch nicht.

„Ich frage mich, was Ethel von diesem ganzen Tohuwabohu halten würde, wenn sie noch am Leben wäre", meinte Grandma beim Abendessen. Sie hatte sich zuvor in der Küche ausgetobt und eine seltsame, aber durchaus köstliche Kombination aus Dim Sum, Gnocchi und Empanadas auf den Tisch gebracht.

„Du würdest mich doch nie und nimmer umbringen, um an mein Vermögen zu kommen", überlegte sie weiter und biss herzhaft in eine dampfende Teigtasche, wobei sie mich kritisch musterte. „Oder etwa doch?"

Ich ließ meine Gabel fallen und starrte sie fassungslos an. Zum Glück hatte ich gerade einen großen Bissen hinuntergeschluckt, sonst wäre der mir sicher im Hals steckengeblieben. Was meine Großmutter manchmal so von sich gab!

„Das war doch nur ein Witz", säuselte sie, doch

ihr fröhliches Kichern verebbte rasch. „Trotzdem ... Die arme Ethel. Verraten von denen, die sie am meisten liebte, schon vor ihrem Tod und darüber hinaus. Sie wollte doch nur, dass es ihr geliebter Kater den Rest seiner Tage gut hat und es ihm an nichts fehlt, aber selbst das ist ihr nicht ohne Weiteres vergönnt."

Sie zuckte mit den Schultern, nahm einen weiteren Bissen und kaute nachdenklich. Wir saßen schweigend da, und ich dachte über die verstorbene Ethel Fulton nach, was mich unendlich traurig stimmte, vor allem, weil ich in gewisser Weise jetzt ihr Leben lebte, oder zumindest in ihrem Haus. Obwohl sie viel Geld besessen hatte, war es nicht von der Hand zu weisen, dass ihr einige wichtige Dinge im Leben gefehlt hatten.

Wie Liebe, Familie und Wertschätzung.

Grandma sagte nichts mehr dazu, aber ich schwor mir, dass diese Frau, deren Beerdigung ich im letzten Jahr beigewohnt, die ich jedoch nie persönlich kennengelernt hatte, einen festen Platz in meinem Herzen behalten würde. Ich war es ihr schuldig, dafür zu sorgen, dass ihr Kater wieder gesund in sein Zuhause zurückkehrte, dass er hier sicher war und seinen anspruchsvollen Lebensstil weiterführen konnte. Wenn andere Leute das nicht kapierten, war das schließlich nicht mein Problem, oder?

Für mich lag es klar auf der Hand, und es war mir absolut wichtig, dafür zu kämpfen und alles wieder in Ordnung zu bringen.

Octocat musste wieder nach Hause kommen, koste es, was es wolle.

Nach dem Abendessen trudelten die ersten Updates von Charles ein. Nach jedem Besuch bei einem von Ethels Erben schickte er mir eine Nachricht aufs Handy. Zuerst kamen sie in kurzen Abständen, da er mit denjenigen anfing, die hier in Glendale lebten, aber nach einiger Zeit wurden es weniger.

Ich lag im Bett mit dem Telefon direkt neben mir und wartete gespannt auf jede neue Info von ihm.

Irgendwann schlief ich darüber ein.

Ich träumte von den ersten Tagen mit Octocat, als wir noch in meiner kleinen Mietwohnung lebten, die er hasste. Da hatten wir gerade erst angefangen, uns aneinander zu gewöhnen. Ich ließ all die schönen gemeinsamen Erinnerungen Revue passieren – als ich ihm sein eigenes iPad schenkte, wie wir zusammen gegrillte Shrimps aßen, der Tag, an dem ich die Unterlagen für seine offizielle Adoption unterschrieb. Wir hatten so viele wunderbare

Momente zusammen erlebt, und es würden noch viele weitere folgen.

Wir hatten Mörder und Diebe gefangen – da sollte es doch möglich sein, auch einen Katzen-Kidnapper zu stellen.

Dann wichen in meinen Träumen die glücklichen Erinnerungen den gruseligen: an rasante Verfolgungsjagden und bedrohliche Treppenhäuser, an den Besuch eines Freundes im Hochsicherheitstrakt eines Gefängnisses und daran, dass ich direkt in die Augen von jemandem starrte, der mich töten wollte.

Ein Knall ertönte von der anderen Seite des Zimmers, und ich richtete mich jäh auf, noch bevor ich überhaupt richtig aufgewacht war. Das Bild einer glänzenden Pistole flackerte vor meinem inneren Auge auf. Ich war im letzten Jahr mehr als einmal mit einer Waffe bedroht worden und …

PENG!

Es kam von irgendwo jenseits meiner geschlossenen Schlafzimmertür.

Nein, es *war* meine Tür.

Jemand hämmerte dagegen, als ob sein Leben davon abhinge, dass ich schnell öffnete.

„Grandma?", rief ich und tappte zögerlich in Richtung des Getöses.

„Mach auf! Mach auf!", rief eine vertraute, piepsige Stimme. „Es gibt neue Entwicklungen!"

Ich stieß die Tür auf, und herein kam Pringle.

Er kletterte direkt auf mein Bett und blinzelte heftig, als ich das Licht anknipste. „Ah, ich bin geblendet", jammerte er und rieb sich die Augen. „Hat das Ding keinen Dimmer?"

„Tut mir leid." Ich schaltete das Deckenlicht aus und meine Nachttischlampe an. Als ich näherkam, bemerkte ich, dass er ein weißes Blatt Papier trug, auf dem bunte Schnipsel prangten.

„Woher hast du das?", fragte ich und zeigte darauf.

„Das versuche ich dir ja gerade zu sagen. Jemand hat das hier gerade unter der Eingangstür durchgeschoben. Ich bin sofort hingerannt, war aber nicht schnell genug, um das Gesicht desjenigen zu sehen. Definitiv aber ein Mensch. Eindeutig ein Mensch. *Da. Nimm es.*"

Meine Hände zitterten, als ich Pringle den Bogen abnahm, den er mir entgegenhielt.

„Es ist ein Drohbrief", sagte ich ungläubig, während ich die unsauber zusammengeklebten Buchstaben betrachtete, die eindeutig aus einer Zeitschrift ausgeschnitten worden waren. „Warum macht man sich überhaupt diese Mühe? Warum hat derjenige seine Botschaft nicht einfach ausgedruckt?"

„Vielleicht hat da jemand einen Hang zum Drama?", meinte Pringle mit gebleckten Zähnen und verdrehte dabei die Augen. „Also, was steht da? Hm?"

Ich hob das Papier näher ans Licht und las ihm vor: „Du gehörst nicht hierher. Gib das Haus auf oder ich töte die Katze."

Ich rang um Luft und ließ den Brief fallen wie eine heiße Kartoffel.

„O nein, o nein, auf keinen Fall!" Pringle hüpfte wütend auf meinem Bett herum. „Niemand bedroht Octavius und kommt ungestraft damit davon. Was machen wir jetzt?"

„Ich weiß es nicht", schluchzte ich. „Da steht nicht, was genau wir tun sollen oder wie wir antworten können."

Das Haus würde ich gegen Octocat eintauschen, wenn es sein müsste, aber wie? Ich fühlte mich hilfloser denn je und starrte Pringle an, in der Hoffnung, er hätte eine Antwort.

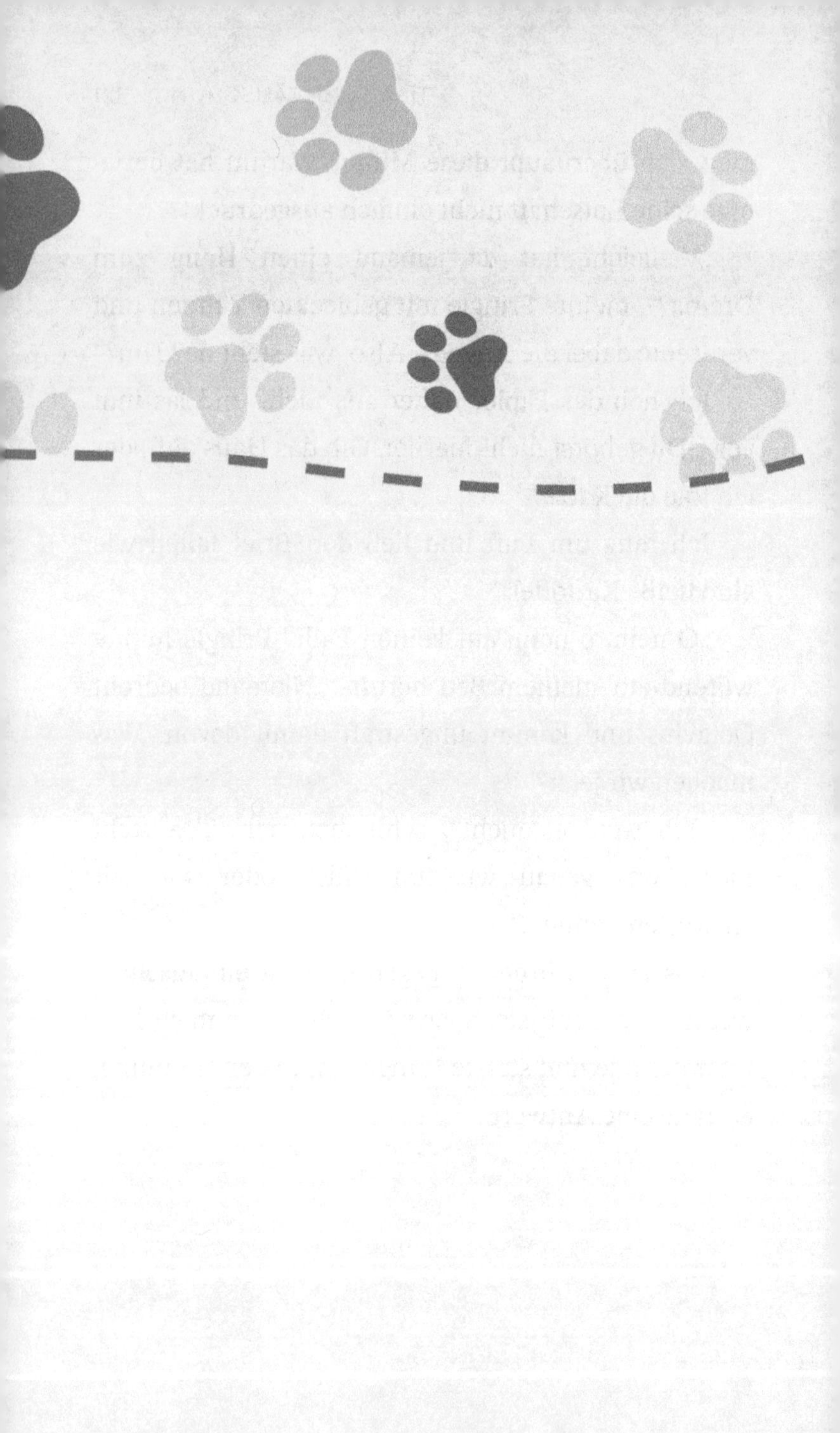

12

„Komm schon", sagte ich zu meinem Waschbärgehilfen, nachdem einige Momente angespannten Schweigens zwischen uns vergangen waren. „Wie wäre es mit einer Portion Fancy Feast?"

Ich fotografierte das Erpresserschreiben mit dem Handy und schickte das Bild an Charles und Großmutter. Dann zog ich los, um unten in der Küche eine Art Mitternachtssnack für mich und Pringle vorzubereiten. Auf halbem Weg hinunter bemerkte ich, dass er mir nicht folgte.

Er stand immer noch auf dem oberen Absatz der schmalen Treppe, und riesige Tränen glitzerten in seinen dunklen Augen. „Fancy Feast? Für mich?", krächzte er.

Ich lächelte das süße, bizarre Waldwesen an. „Ich kann auch etwas Evian dazugeben, wenn du möchtest."

Pringle hopste die Treppe hinunter, so schnell ihn seine vier Füße tragen konnten, und klammerte sich an mein Bein, was wohl eine dankbare Umarmung darstellen sollte. „Das ist der beste Tag meines Lebens", flüsterte er in meine karierte Schlafanzughose. „Der allerbeste Tag."

„Warte nur, bis du Octavius kennenlernst", sagte ich kichernd und stellte mir die Szene bildlich vor – den Ausdruck überschwänglicher Freude auf Pringles Gesicht und den wahrscheinlich höchst irritierten Blick meines Katers. „Er wird dich bestimmt mögen", sagte ich dennoch. Sobald sich Octocat an den enthusiastischen Waschbären gewöhnt hätte, würde es ihm sicherlich gefallen, dass ihn jemand so sehr schätzte wie er sich selbst.

Pringle blieb abrupt stehen, setzte sich aber schnell wieder in Bewegung. Wie einfach dieser kleine Kerl doch zu begeistern war! Nachdem ich ihm das versprochene Fancy Feast und dazu Evian serviert hatte – auf Einweggeschirr statt dem von Octocat bevorzugten Edelporzellan –, schnappte ich mir einen Müsliriegel und ging zu Grandma, um ihr von dem Drohbrief zu berichten.

Noch bevor ich ihr Schlafzimmer erreichte, vibrierte das Handy in meiner Hand. Die Nummer wurde mir als unbekannt angezeigt, was mir so spät in der Nacht besonders merkwürdig vorkam.

Könnte es der Katzen-Kidnapper sein, der mir seine Forderungen mitteilen wollte? Ich war bereit, jede Summe zu zahlen, wenn ich dafür meinen Kater zurückbekam.

„Hallo?" Ich zitterte vor Aufregung, als ich das Gespräch annahm.

„Angie, warum hast du mich nicht früher angerufen?" Die Stimme am anderen Ende klang ziemlich aufgebracht, sodass ich einen Moment brauchte, um sie einzuordnen.

„B-B-Bethany?", stotterte ich, als ich endlich die Stimme meiner Freundin erkannte. „Wo bist du?"

„Peter und ich sind heute Abend in Georgia angekommen, und jetzt hat Charles mich eben angerufen. Er hat mir alles erzählt, was seit unserer Abreise passiert ist. Sag mir zuerst mal, geht es dir gut?"

„Ja", flunkerte ich, warum auch immer. Ich mochte Bethany inzwischen wirklich gern, obwohl unsere Beziehung nicht immer einfach gewesen war. Doch so sehr ich ihr auch vertraute, sie brauchte nicht zu wissen, wie stark mich die jüngsten Ereignisse belasteten. Sie kannte mein

Geheimnis nicht, und dabei wollte ich es eigentlich belassen.

„Hast du eine Idee, wer Octocat entführt haben könnte?", fragte ich mit bebender Stimme.

Bethany antwortete ohne Umschweife: „Offensichtlich hat das etwas mit Ethels Testament zu tun. Erinnerst du dich, wie wütend alle waren, dass er überhaupt zu den Erben gehörte, und dann bekam er auch noch diesen riesigen Treuhandfonds?"

In diese Richtung hatte ich auch schon gedacht, aber trotzdem passte es irgendwie nicht richtig ins Bild. „Ja, aber das ist schon so viele Monate her", entgegnete ich. „Warum kommt dann erst jetzt eine solche Reaktion?"

Sie summte ein paar Takte und fragte dann: „Wie lange ist es her, dass du in Fulton Manor eingezogen bist?"

„Ein paar Monate", murmelte ich und begann, auf einem meiner eh schon abgeknabberten Fingernägel herumzukauen. „Glaubst du, das hat etwas damit zu tun? Ich habe eben ein Erpresserschreiben bekommen, in dem es ausdrücklich erwähnt wird."

„Natürlich hat das Haus etwas damit zu tun", entfuhr es Bethany. „Aber eine Sache ergibt keinen Sinn: Wenn die Entführung deiner Katze dich davon abhalten sollte, das Gerichtsverfahren anzufechten, warum schickt man dir dann überhaupt noch diesen Erpresserbrief? Ich meine, ohne das Sümmchen, das Octocat jeden Monat aus dem Treuhandfonds erhält, könntest du dir das Anwesen doch nicht leisten und müsstest es ohnehin aufgeben, oder?"

Ich stöhnte und fühlte mich, als würde ich gleich ohnmächtig werden. „Danke, dass du mich daran erinnerst, wie viel hier auf dem Spiel steht. Aber ja, stimmt schon, mit meinem Teilzeitjob in der Kanzlei könnte ich die Villa nie halten."

„Lass mich nachdenken", murmelte Bethany ungerührt.

„Hast du eine Idee, wer dahintersteckt?", hakte ich nach. Es machte mich wahnsinnig, dass ich in dieser ganzen Sache total auf dem Schlauch stand. Hatte ich in meiner Panik etwas Wichtiges übersehen? Konnte meine schlaue Freundin mit ihrer scharfen Logik etwas entdecken, das mir entgangen war?

„Noch nicht", antwortete sie mit einem Seufzer. „Aber ich kenne die Fultons ein bisschen besser als du. Immerhin gibt es einige Anhaltspunkte, und vielleicht komme ich auf die Lösung, wenn ich lange genug darüber nachdenke."

„Jeder noch so kleine Hinweis wäre eine Hilfe für

uns", erwiderte ich in freundlichem Ton. „Danke, Bethany."

„Hey, ich schulde dir eh noch was." Sie stieß ein leises Glucksen aus, allerdings hatte ich keinen Schimmer, was sie meinte.

„Wirklich? Warum?"

„Ähm, schon gut", antwortete sie und lachte erneut nervös. „Ich muss jetzt auflegen. Bis dann, Angie!"

Seltsam. Sehr seltsam. Mit einer Sache hatte Bethany allerdings recht: Das Schiedsverfahren und die Erpressung schienen im Widerspruch zueinander zu stehen. Der Drohbrief könnte sogar ein Grund sein, eine vorübergehende Vertagung des Verfahrens zu erwirken. Konnte der Kidnapper wirklich so kurzsichtig sein?

Charles wüsste das sicher besser.

Ich warf einen Blick auf das Display meines Handys. Es war schon kurz nach halb eins. Da Charles regelmäßig bis Mitternacht arbeitete, beschloss ich, ihn anzurufen.

„Hallo?", meldete sich eine kühle Frauenstimme.

„Oh, ähm, Breanne?", sagte ich zögernd. Es nervte mich, dass sie um diese Zeit an sein Telefon ging.

„Wer denn sonst? Und warum rufst du meinen Freund mitten in der Nacht an. *Hmm?*" Mein Ärger über sie schien auf Gegenseitigkeit zu beruhen. Aber Charles und ich waren schon Freunde gewesen, bevor sie mit ihm zusammenkam, und ich würde wetten, dass ich ihn besser kannte und mehr für ihn empfand als diese Trulla.

„Gib das her", hörte ich Charles sagen, bevor er ihr vermutlich das Telefon aus der Hand riss.

„Entschuldigung", murmelte ich. „Ich wollte nicht stören."

Charles sog die Luft durch die Zähne ein. „Du störst nicht. Breanne ist nur vorbeigekommen, um mir schnell gute Nacht zu sagen, da wir uns morgen nicht sehen können."

Jep, alles klar. Eine äußerst glaubwürdige Geschichte.

Auch wenn ich mit meinen achtundzwanzig Jahren immer noch Jungfrau war, wusste ich, wie die Dinge liefen. Und ich hätte kotzen können bei dem Gedanken.

„Charles!", zischte Breanne am anderen Ende der Leitung im Hintergrund. „Ich habe nicht die ganze Nacht Zeit."

„Sorry, ich kann jetzt nicht", murmelte er und klang dabei ein wenig betrübt.

„Ciao", flüsterte ich, nachdem er den Anruf bereits beendet hatte.

„Menschen sind merkwürdig", merkte Pringle an und watschelte zu mir herüber.

„Das stimmt", pflichtete ich ihm bei. „Aber Waschbären sind auch irgendwie komisch."

Er lachte und begann, sich nach seinem dekadenten Katzenfutterfestmahl mit den Händchen übers Gesicht zu wischen. „Da hast du recht."

„Glaubst du, dass es ihm da draußen gut geht?", fragte ich unvermittelt.

„Hör zu, Baby. Ich kann und will nicht in einer Welt ohne Octavius leben. Du musst einfach ganz fest daran glauben, dass es ihm gut geht und dass derjenige, der das getan hat, dafür büßen wird – und zwar ordentlich."

Ich lehnte mich zu ihm hinüber und streichelte sein Fell. Wenn ich meine Augen schloss, fühlte es sich fast so an, als wäre er mein vermisster kleiner Freund. Nur das leise schnatternde Geräusch, das er von sich gab, glich nicht gerade einem Schnurren.

„Weißt du", sagte er nach einer Weile. „Ich habe mir überlegt, dass wir vielleicht schon mal anfangen sollten, Octavius' Willkommensfeier zu planen. So sind wir bereit, wenn er wieder da ist."

„Gute Idee! Überleg du dir doch ruhig schon etwas, und dann gibst du mir Bescheid, was ich besorgen soll, okay?"

„Es wäre mir ein Vergnügen." Pringle zeigte mir sein zahniges, leicht beunruhigendes Lächeln und hoppelte einen Moment später durch die Katzenklappe hinaus, um mit seinen Vorbereitungen zu beginnen.

Ich drückte das Erpresserschreiben an meine Brust und schickte ein Stoßgebet gen Himmel, dass Octocat heil zurückkommen möge. Es gab so viele Menschen – und Tiere – hier, die ihn liebten, die ihn vermissten und die ihn zu Hause brauchten.

13

Den Rest der Nacht konnte ich nicht mehr schlafen. Stattdessen tappte ich bei ausgeschaltetem Licht im Wohnzimmer herum und beobachtete den Garten, in der Hoffnung, der mysteriöse Verfasser des Drohbriefs würde ein zweites Mal auftauchen.

Irgendwann musste ich eingenickt sein und kam erst wieder zu mir, als Großmutter mich ansprach: „Hey, wach mal auf und erzähl mir, was auch immer ich verpasst habe." Dann drückte sie mir eine Tasse Kaffee in die Hand.

„Was? Oh." Mühsam setzte ich mich auf. Mir tat alles weh von der harten Couch. Falls der Kidnapper letzte Nacht noch einmal aufgekreuzt war, hatte ich ihn sicher verpasst. Mein verdammter Biorhythmus hatte mich ausgetrickst.

„Jemand hat das hier unter der Tür durchgeschoben", informierte ich sie, nachdem ich den Brief auf dem Boden neben meinen Füßen gefunden und ihn ihr gereicht hatte.

Sie schnalzte mit der Zunge und schüttelte den Kopf. „Das ist aber wirklich kein fairer Schachzug, was?"

Mit einem Mal konnte ich nicht mehr länger an mich halten. Ich hatte so sehr versucht, stark zu sein und die Fassung zu bewahren, aber für was? Dadurch würde Octocat auch nicht wieder nach Hause kommen.

Also ließ ich den Tränen freien Lauf.

Grandma nahm mir die Kaffeetasse aus der Hand und stellte sie auf den Tisch, dann nahm sie mich in den Arm und beruhigte mich mit leise säuselnden Schhht-Lauten.

„Glaubst du, sie machen ihre Drohung wahr?" Ich schluchzte laut, weil all meine Sorgen und Ängste plötzlich auf mich einstürzten. „Dass sie Octocat töten?"

Sie streichelte mir übers Haar, und ihre Worte klangen sanft, aber bestimmt und irgendwie weise: „Ich bin ja schon ein paar Tage älter als du, und in all der Zeit habe ich eine sehr wichtige Lektion gelernt, und das mehr als einmal, fürchte ich."

Sie holte tief Luft, und ich löste mich aus ihrer Umarmung, um ihr in die Augen zu sehen.

„Verrückte Menschen sind zu allem fähig, wenn sie glauben, dass es ihnen hilft, ihre wahnwitzigen Ziele zu erreichen."

Das war nicht die Antwort, die ich hören wollte.

Grandma strich mir mit ihrer faltigen Hand über die Wange, wobei sie mit einer Fingerspitze eine Träne auffing. „Ich habe aber auch noch etwas anderes gelernt. Menschen würden alles tun, um ihre eigene Haut zu retten. Und ich wette, das gilt auch für Katzen. Wir dürfen unseren kleinen Freund nicht aufgeben. Er ist ein Überlebenskünstler."

„Ja, und er hat noch drei Leben übrig. Zumindest behauptet er das", fügte ich mit einem leisen, traurigen Lachen hinzu und presste mein Gesicht Trost suchend in ihren weichen Pullover. In mir schmerzte alles.

„Natürlich", sagte sie und drückte mich überraschend kräftig. Eines Tages würde ich anfangen, so fit wie meine Großmutter zu werden. Nur nicht gerade heute. „Also, wie lautet der Plan? Was machen wir als Nächstes?"

In der Nacht hatte ich viel Zeit gehabt, über

unsere nächsten Schritte nachzudenken, während ich im Wohnzimmer auf und ab schlich. Schließlich war mir klar geworden, dass die Waldtiere, selbst wenn sie nicht wussten, was mit Octocat passiert war, dennoch unsere beste Chance sein könnten, ihn wiederzufinden. Wer auch immer ihn entführt hatte, wusste wahrscheinlich nicht, dass ich mit Tieren sprechen kann, also würde auch niemand auf die Idee kommen, sich überhaupt um meine Truppe aus pelzigen Helfern zu kümmern.

„Diesen Blick kenne ich", meinte Grandma mit einem breiten, erleichterten Grinsen. „Du hast dir doch was überlegt. Schieß los. Erzähl es deiner alten Oma."

„Einen konkreten Plan habe ich noch nicht, aber eine ziemlich gute Idee", sagte ich und versuchte dabei, die Verspannungen in meinen Rücken zu lösen, die sich letzte Nacht dort eingenistet hatten. „Komm mit, da ist noch jemand, dem ich es erzählen will."

Wir schlüpften rasch in unsere Schuhe und eilten aus dem Haus in Richtung Wald. Großmutter fragte nicht einmal, warum. Wahrscheinlich ahnte sie bereits, was ich vorhatte.

Als wir den Waldrand erreichten, kam auch schon Maple angeflitzt. „Hey, da ist ja die Erdnussbutter-Frau!", rief sie aufgeregt von einem tief hängenden Ast aus. „Hallo-hallo!"

Überrascht biss ich mir auf die Lippe und wechselte einen Blick mit Grandma. Einen Moment später hatte das Eichhörnchen sich etwas beruhigt.

„Hi, Maple", begrüßte ich sie mit einem flüchtigen, freundlichen Winken. „Mein Name ist übrigens Angie. Falls du dich nicht mehr erinnern solltest. Hast du Pringle heute Morgen schon gesehen?"

Ihr Näschen zuckte, und sogleich sprang sie auf einen anderen Ast hinüber. „Pringle!", schrie sie. „Die Erdnussbutter-Frau braucht dich! Vielleicht hat sie noch mehr von dem köstlichen Zeug für uns."

Dann huschte sie über den Ast und blitzschnell den dicken Baumstamm hinunter auf den Boden. „Hast du noch mehr Erdnussbutter?", fragte sie und presste ihre Hände immer wieder auf meinen Schuh, fast so, als würde sie eine Herz-Lungen-Massage an meinen Zehen durchführen.

„Schon möglich", säuselte ich. „Aber bring mir erst Pringle her, bitte."

„Verstanden!" Maple hüpfte in den Wald und ließ mich und Grandma wartend zurück.

„Was hat das goldige Viech gesagt?", flüsterte sie, als Maple außer Sichtweite war.

Ich kicherte. Trotz ihrer Vergesslichkeit hatte ich

die Kleine schon ins Herz geschlossen. Wenn sie es tatsächlich schaffte, uns zu helfen, Octocat zurückzubekommen, würde ich sie ab sofort immer mit der süßen Creme versorgen. „Sie steht total auf Erdnussbutter", erklärte ich, „und redet fast unaufhörlich nur davon."

Grandma seufzte hingerissen auf. „Oh, warum haben wir dann nicht welche mitgebracht?"

Ich schüttelte den Kopf und hielt den Blick auf die Bäume gerichtet. „Glaub mir, diesen Fehler habe ich schon einmal gemacht. Sobald sie ihre Erdnussbutter hat, vergisst sie alles andere auf der Welt, und dann ist sie uns keine Hilfe mehr. Sie soll sich erst mal auf ihre Aufgabe konzentrieren. Danach kann sie ihre Belohnung haben."

Schon tauchte Maple wieder auf, flitzte an uns vorbei und rannte zum Haus. „Bin gleich wieder da!", rief sie mit einem aufgeregten Quietschen.

Wir beobachteten, wie sich das Eichhörnchen der vorderen Veranda näherte und direkt davor stehen blieb. Ein graues Etwas, das wie eine große, flauschige Kugel aussah, kletterte darunter hervor und blinzelte ins Sonnenlicht.

„Ich wusste nicht, dass er so nah bei uns wohnt", sagte Grandma, während wir beide beobachteten, wie der schlaue Nager den schläfrigen Waschbären zu uns herüber lotste.

„Ich auch nicht", murmelte ich. Er musste irgendwo ein Loch gegraben haben, um unter die Veranda zu kommen. Hoffentlich hatte er dabei keinen Schaden angerichtet. Meine Liste an nötigen Reparaturen am Haus war sowieso schon lang genug.

„Einen gesegneten guten Morgen, Lady Angela", trällerte Pringle, als er und Maple sich uns näherten. Er zog also immer noch diese ritterliche Mittelalter-Nummer ab. Okay.

Obwohl ich lieber Krimis und Thriller las, hatte ich mir schon genug Fantasy-Romane reingezogen und war für Pringles grandioses Rollenspiel gewappnet.

„Auch Ihnen einen guten Morgen, Sir Pringle." Ich hielt inne und machte einen kurzen Knicks. O Mann. „Wir möchten Sie heute mit einem höchst edlen Anliegen betrauen."

„Warum redet die Erdnussbutter-Frau so komisch?", quietschte Maple, wurde aber schnell von dem Waschbären zum Schweigen gebracht, der immer noch sein Bestes tat, um seine Rolle auszufüllen.

„Ja. Octavius." Pringle nickte wissend.

„Es wird Zeit, dass wir ihn nach Hause bringen.

Seid Ihr und Euer Knappe der Aufgabe gewachsen?" Ich lenkte meinen Blick auf Maple. So flatterhaft das kleine Eichhörnchen auch sein mochte, ich hoffte, dass Pringle gute Arbeit leisten würde, um sie im Zaum zu halten. Wir würden beide Tiere brauchen, um meinen Plan umzusetzen.

„Darf ich meinen Knappen selbst wählen?", fragte er mit einem zögerlichen Grinsen. Ich konnte es ihm nicht verübeln. Der Waschbär schien von nahezu menschlicher Intelligenz zu sein, während das Eichhörnchen … nun ja … Sie war wirklich niedlich!

„Die mutige Maple wird Ihnen gute Dienste leisten", sagte ich, nickte kurz und flüsterte ihm unter vorgehaltener Hand zu: „Außerdem weiß ich zufällig, dass sie für Erdnussbutter alles tun würde."

Das Eichhörnchen spitzte daraufhin die Ohren, blieb jedoch zum Glück still.

Pringle senkte den Kopf, und ich fragte mich, ob er sich geschlagen geben oder in den Kampf ziehen wollte. Doch dann meinte er: „So verraten Sie uns Ihr Vorhaben, und wir werden es umsetzen."

Okay. Showtime!

Blieb nur zu hoffen, dass mein verrückter Plan aufgehen und unseren Fellfreund sicher nach Hause bringen würde.

14

Grandma und ich setzten uns im Schneidersitz ins Gras, und die beiden Tiere ließen sich uns gegenüber nieder.

„Okay, ich erkläre euch jetzt, was ich mir überlegt habe …" Ich erläuterte ihnen meinen neuen Plan in allen Einzelheiten.

„Oh, wir sollten uns einen GPS-Tracker für Haustiere zulegen", warf Grandma ein. „Ich habe, äh, schon viel Positives darüber gehört." Sie strahlte mich an, als hätte ich sie gerade zur Miss America gekrönt. Seltsam.

„Klar, so ein Ding können wir heute Nachmittag noch besorgen", stimmte ich zu. Die Idee fand ich gut, aber auch leicht abgefahren, wenn man bedenkt, dass meine Großmutter gerade erst angefangen hatte, Textnachrichten auf ihrem Handy zu nutzen.

„Bringt auch noch etwas Erdnussbutter mit, wenn ihr schon mal unterwegs seid", schlug Maple sinnigerweise vor.

„Erst die Arbeit, dann das Vergnügen", schimpfte Pringle seinen Eichhörnchen-Knappen. Jep, diesen Waschbär konnten wir gebrauchen.

Ich streckte die Hand aus und gab ihm ein High Five, und da er die Menschen anscheinend oft genug beobachtet hatte, wusste er genau, was zu tun war. Selbst wenn er Octocat verehrte, hatte er ganz klar mehr auf dem Kasten als sein Idol.

„Da hast du vollkommen recht", pflichtete ich ihm bei und setzte eine ernste Miene auf, wobei ich die Augen zusammenkniff. „Nichts ist wichtiger, als Octocat nach Hause zu bringen. Nichts. Nicht einmal Erdnussbutter."

Maple japste.

Pringle jubelte.

Grandma schaute verwirrt, aber trotzdem ziemlich optimistisch drein. „Welche Rolle habe ich bei diesem ganzen Manöver, Liebes?", fragte sie, nachdem sich alle wieder beruhigt hatten.

Das war der schwierige Teil. Theoretisch brauchte ich sie nicht unbedingt, um die Operation durchzuziehen, aber ich wusste, dass ich sie besser nicht ausschließen sollte.

„Du wirst weiterhin die Kommandozentrale leiten und kannst mir helfen, heute Nacht wach zu bleiben. Außerdem brauche ich dich für Kostüm und Maske. Das ist definitiv dein Bereich."

Das schien sie zu freuen. „Ich mache Kakao und rufe die Jungs an."

O nein, nicht schon wieder. Warum musste sie gerade jetzt versuchen, mir ein Liebesleben zu verschaffen? Es war ja nicht so, als wäre ich erst seit Kurzem Single. Im Gegenteil, bei mir hieß es schon immer: ich allein gegen den Rest der Welt.

Ich schüttelte nachdrücklich den Kopf. „Die Jungs? *Nein.* Wir brauchen Cal und Charles dafür nicht."

Grandma stieß mir mit dem Ellbogen in die Rippen. „Sie sind aber eine nette Ablenkung. Oder etwa nicht?"

Ich verdrehte die Augen und gab ihr bewusst keine Antwort. Für ihre Verkupplungsversuche hatte ich jetzt echt keinen Nerv. „Versteht jeder, was er zu tun hat?"

„Ja", erwiderten Großmutter und Pringle wie aus einem Munde. Beide schienen bereit zu sein, zur Tat zu schreiten.

Maple jedoch hob ihr braunes Händchen. „Ähm, mir ist da etwas entfallen", piepste sie zerknirscht.

„Ist schon gut, Kleine. Komm mit mir, ich erkläre dir alles." Pringle gab ihr ein Zeichen, ihm zurück in seine Behausung unter der Veranda zu folgen. Unser Ritterspiel war anscheinend beendet und die Tafelrunde aufgehoben – zum Glück!

„Ich liebe Observierungen", raunte Grandma mir zu, als wir uns auf den Weg zurück zum Haus machten. „Du holst den GPS-Tracker, und ich fahre zum Supermarkt, um ein paar Snacks und Getränke für unser kleines Treffen heute Abend zu besorgen."

Ich blieb stehen und starrte sie an. „Willst du wirklich Cal und Charles einladen? Wir feiern doch keine Party. Zumindest ist es nicht so gedacht."

Sie drehte sich zu mir um und umarmte mich. „Das weiß ich, Liebes, aber in schweren Zeiten hilft es, gute Freunde an seiner Seite zu haben."

Na schön, das ließ sich nicht bestreiten. „Okay", willigte ich ein und hoffte, dass der Abend nicht allzu peinlich werden würde, was auch immer sie vorhatte.

Andererseits kannte ich doch meine Großmutter ...

Natürlich würde es peinlich für mich werden.

* * *

Unsere Observierungsparty begann um zehn Uhr abends. Pringle hatte Maple den Plan mindestens ein paar Dutzend Mal erklärt, und sie hatten sogar Testübungen sowohl mit als auch ohne den GPS-Tracker durchgeführt.

Charles und Cal kamen um Punkt zehn und stellten ihre Autos, wie besprochen, hinter dem Haus versteckt ab. Das Gelingen der ganzen Operation hing davon ab, dass der Erpresser in dieser Nacht zurückkam, und er sollte den Eindruck gewinnen, niemand wäre daheim. Aus diesem Grund fand unsere Aktion im Stockdunkeln statt. Nicht einmal eine Kerze zündeten wir an.

Wir unterhielten uns nur im Flüsterton miteinander, und deshalb wirkte die ganze Sache seltsam intim. Alle trugen bequeme schwarze Sweatshirts, wofür natürlich Grandma gesorgt hatte, und wir nippten an Thermobechern mit heißem Kakao – ebenfalls von ihr bereitgestellt.

„Bist du dir sicher, dass diese Person heute Abend wieder auftaucht?", fragte Cal zu meiner Linken.

„Das muss er, denn er hat Angie keine Möglichkeit gegeben, ihm irgendwie zu antworten", antwortete Charles rechts von mir.

Sie saßen beide nah genug neben mir, dass ich ihre Körperwärme spüren konnte. Insgeheim dachte ich, dass sie die attraktivsten Kerle waren, die mir je begegnet waren. Der eine war blitzgescheit, der andere beeindruckte mich vor allem mit seinem muskulösen Körper. Ein großes Herz hatten sie beide, doch während ich dort im Stockdunkeln hockte, wurde mir klar, dass sich mein Herz nur nach dem einen von ihnen sehnte.

Und zwar nach demjenigen, der bereits vergeben war.

So lief das immer bei mir. Verdammt.

„Bist du nervös?", flüsterte Charles mir ins Ohr.

„Mehr gespannt als nervös", antwortete ich und fragte mich, ob er auch das Gefühl hatte, dass es zwischen uns funkte?

Das Telefon in seiner Tasche brummte. Wir waren uns so nah, dass ich die Vibrationen spürte. „Es ist Breanne", sagte er und drückte eine Taste, damit der Anruf direkt an die Mailbox weitergeleitet wurde.

Das ließ mich innerlich ein wenig jubeln. Er hatte mich ihr vorgezogen. Zumindest für das hier. Zumindest für den Moment.

Gegen halb zwölf zog ein Geräusch von draußen nahe einem der Fenster unsere Aufmerksamkeit auf sich.

„*Pssst*", erinnerte ich sie. „Wir müssen uns ruhig

verhalten, in Deckung bleiben und unseren Plan durchziehen."

„Ja, der Plan ist das A und O", flüsterte Großmutter.

Der arme Cal wusste immer noch nicht, dass ich mit Tieren reden konnte. Er dachte, wir wollten den Täter mit Hightech-Videokameras und einer ausgeklügelten Falle überrumpeln. Er hatte keine Ahnung, dass sich ein nachtaktiver Waschbär längst unter der Veranda postiert hatte und alles genau beobachtete, und dass ein vergessliches, aber flinkes und mit einem GPS-Sender ausgestattetes Eichhörnchen nur darauf wartete, sich in das Auto unseres geheimnisvollen Kidnappers zu stürzen, sobald der Waschbär sein Okay gab.

Wie erwartet stürmte Pringle ein paar Minuten später durch die Katzenklappe, um uns mitzuteilen, dass der Plan in die Tat umgesetzt wurde.

„Hey, Cal. Würdest du mir etwas in der Küche helfen?", bat ihn Grandma und lotste ihn aus dem Raum, bevor er unseren kleinen Besucher genauer unter die Lupe nehmen konnte. Der Waschbär hielt etwas in den Pfoten, vermutlich ein zweites Erpresserschreiben.

„Gute Arbeit, Pringle." Ich schnappte mir den Zettel und tätschelte seinen Kopf, dann stürmten

Charles und ich hinaus in die Nacht. Wir hatten zuvor vereinbart, dass er fahren und ich navigieren würde. Wir würden dem kleinen Punkt auf der Karte, der Maples Standort symbolisierte, folgen. Wer weiß, wohin sie gerade unterwegs war?

Trotz meiner Neugierde warf ich nicht einmal einen Blick auf das neue Schreiben. Stattdessen konzentrierte ich mich darauf, den blinkenden Punkt nicht zu verlieren, in der Hoffnung, er würde uns zu Octocat führen und diese ganze schreckliche Tortur ein für alle Mal beenden.

Charles manövrierte uns geschickt durch die Gegend, während ich ihm jede Kurve ansagte. Wir waren jetzt nicht mehr weit hinter dem Kidnapper. Bald würden wir uns gegenüberstehen, und ich hoffte, endlich Antworten auf meine vielen Fragen zu bekommen.

„Das ist merkwürdig", murmelte Charles, als wir durch einen verschlafenen Vorort fuhren. „Ich kenne jemanden, der hier wohnt."

„Nun ja, Glendale ist ja nicht groß. Da kennt man doch fast überall jemanden", erwiderte ich und starrte weiterhin gebannt auf die Karte im Display meines Handys, um nichts zu verpassen.

„Charles", rief ich plötzlich aufgeregt. „Der Punkt hat angehalten!"

Endlich. Wir würden Octocat zurückbekommen, und zwar jetzt.

„Wo?", raunte er mit einer mir unerklärlich finsteren Miene.

„Nur ein paar Einfahrten weiter. Sieht aus, als wäre es ..."

„Yellow Cape Cod?", fragte er, als er in die Einfahrt fuhr.

„Ja, woher weißt du das?" Ich war schockiert. Konnte es sein, dass ...

„Das ist Breannes Haus", knurrte er leise.

Oh-oh.

15

ch sprang aus dem Auto, noch bevor Charles den Wagen richtig geparkt hatte, holte die rothaarige Immobilienmaklerin auf den Stufen zur Veranda vor ihrer Haustür ein und zerrte am Träger ihrer Handtasche, bis sie sich endlich umdrehte und mich ansah. „Wo ist meine Katze, du, du …? *Breanne!*"

„Fass mich nicht an!", kreischte sie zurück und entriss mir ihre Designer-Tasche.

Oh, in dem Moment hätte ich ihr gerne eine verpasst, auch wenn so etwas eigentlich gar nicht meine Art ist. Zumindest ihr protziges Accessoire hätte ich am liebsten in den Dreck geschleudert. Ich hielt mich nur deshalb zurück, weil ich unbedingt zu meinem Kater wollte. War er dort drinnen? Hatte

Breanne ihn die ganze Zeit über gehabt? Fragen über Fragen.

„Wo ist er?", brüllte ich meine Erzfeindin an, und sie wirkte verunsichert, was ich mit Genugtuung zur Kenntnis nahm. Wenn ich ihr weiter einheizte, würde sie bestimmt einknicken. „Rück ihn raus, sonst garantiere ich für nichts."

Sie ging einen Schritt zurück und drückte sich an die Tür. „Wovon redest du?", stieß sie hervor und sah mich an, als ob ich verrückt geworden und das alles überhaupt nicht ihre Schuld wäre.

Ich trat so nah an sie heran, dass sich unsere Gesichter beinahe berührten und mir ihr widerlich blumiges Parfüm in die Nase stieg. „Tu doch nicht so. Ich weiß, dass du es warst, die die Erpresserbriefe unter meiner Tür durchgeschoben hat. Wir sind dir hierher gefolgt. Stimmt's, Charles?" Ich drehte mich zu ihm um. Er stand immer noch neben seinem Auto, und anscheinend hatte es ihm die Sprache verschlagen.

„Lass mich rein!", schrie ich. „Lass mich sofort zu ihm!"

Aber Breanne stellte sich stur und verschränkte die Arme vor der Brust. „Nein. Hau ab!"

Glücklicherweise hatte sich Charles endlich

wieder eingekriegt. Er stampfte zu uns herüber, trat um uns herum und öffnete die Tür.

„Wie konntest du nur?", fragte er seine fiese Freundin, aber ich wartete ihre Antwort nicht ab, sondern stürmte hinein.

Drinnen begann ich lauthals nach meinem Kater zu rufen. Doch selbst nachdem ich das ganze Haus durchstöbert hatte, konnte ich ihn nicht finden. „Octocat! Octocat! Bist du hier? Komm raus! Es ist vorbei!"

Keine Antwort. Deshalb schnauzte ich Breanne noch einmal an: „Wo ist er? Warum hast du ihn mitgenommen? Wie konntest du nur?"

„Ich habe deine blöde Katze nicht, und ich schulde dir nichts", antwortete sie schniefend und schaute weg, als würde sie sich doch ein wenig schuldig fühlen. Ja klar, wer's glaubt, wird selig.

„Ich denke, du schuldest mir ein paar Antworten", mischte sich Charles ein. „Hast du wirklich Angies Katze gestohlen und ihr Drohbriefe geschickt? Warum um Himmels willen?"

„Beruhigt euch", murmelte sie durch zusammengebissene Zähne. „Ich habe die Katze nicht. Okay?"

„Sorry, aber ich glaube dir kein Wort. Du hast die Briefe bei mir abgeliefert. Wir haben dich auf frischer Tat ertappt", brach es aus mir heraus.

Breanne verengte feindselig die Augen und stierte mich boshaft an. „Gut. Ich gebe es zu. Das war ich. Aber ich habe sie nicht geschrieben."

„Wer war es denn dann? Hör auf, mich hinzuhalten, und sag mir, was du weißt", forderte ich sie auf. Warum wollte sie nicht damit herausrücken? Um Zeit zu schinden?

Sie schüttelte den Kopf. „Ich weiß es nicht." Charles trat neben mich, sodass wir ihr vereint gegenüberstanden, und das schien sie zu fuchsen. Offenbar hatte sie erwartet, dass er sich auf ihre Seite schlagen würde.

„Wie kannst du das nicht wissen?" Charles' Stimme bebte vor Enttäuschung, das spürte ich deutlich. „Wie konntest du bei so etwas mitmachen? Und ohne zu wissen, worum es geht?" Er räusperte sich, bevor er fortfuhr. „Ich hätte dich für schlauer gehalten, Bree. Und auch netter."

„Ich nicht", geiferte ich.

Breanne hatte mich nie gemocht und ich sie ebenso wenig. Es überraschte mich nicht, dass sie mich verletzen wollte, aber es erschreckte mich, dass sie in diese furchtbare Sache verwickelt war. Sie hatte absolut keine Verbindung zu Ethel Fulton, also warum hatte sie sich überhaupt darauf eingelassen?

„Es ist kein großes Ding", rief sie. „Ernsthaft,

beruhige dich. Du weißt, dass ich geringere Einkünfte hatte, seit mein Bruder unter Mordverdacht stand. Und als mir neulich ein anonymer Kunde eine große Provision versprach sowie eine weitere großzügige Finanzspritze in naher Zukunft, wie konnte ich da nein sagen? Es ist ja nicht so, dass ich jemandem wehtue. Wir haben nur versucht, dich aus deinem Haus zu vertreiben."

„Du hast damit gedroht, meine Katze zu töten!" Ich schäumte vor Wut, da ich nun jemanden zur Verantwortung ziehen konnte, nur hatte ich immer noch keine Ahnung, wo sich mein Kater befand.

„Nein, das habe ich nicht getan. Ich habe die Briefe nicht geschrieben. Und ernsthaft, wer würde denn eine Katze töten? Das geht ein bisschen zu weit." Sie schien von Minute zu Minute kleinlauter zu werden, wollte dennoch weiterhin nicht zugeben, einen Fehler begangen zu haben.

„Aber Erpressung ist für dich in Ordnung, ja?", brummte Charles, wobei er Breanne aus zusammengekniffenen Augen betrachtete. „Wirklich, Bree. Ich dachte, ich kenne dich."

„Du kennst mich doch, deshalb dachte ich, du würdest es verstehen", flehte sie ihn an. „Du weißt, wie schwierig meine Lage in letzter Zeit war."

„Ja, aber ich bin davon ausgegangen, dass du dich

da durchbeißt", erwiderte er. „Mit ehrlicher Arbeit. Nicht mit Erpressung und Drohungen." Es kam mir trotz allem ein wenig komisch vor, dass Charles seine Freundin beschimpfte, weil sie mich erpresste, obwohl er so etwas auch schon getan hatte, damit ich ihm bei einem schwierigen Fall half. Zugegeben, er hätte mich niemals wirklich verletzt. Breanne hingegen ...

„Nein", beharrte sie. „Ich versuche es doch, aber es klappt einfach nicht. Und weißt du, warum? Alle halten meinen Bruder für dieses Monster, selbst, nachdem er freigesprochen wurde, und das ist allein ihre Schuld." Sie zeigte zitternd in meine Richtung. Wenn Blicke töten könnten ...

Charles legte seine Hand auf meine Schulter. „Sie hat mir geholfen, dass er freigesprochen wurde. Hast du das etwa schon vergessen?"

Breanne zuckte mit den Schultern. „Ihre Mutter, meine ich. Diese Nachrichtensprecherin. Die hat ganz Blueberry Bay davon überzeugt, dass Brock schuldig ist, und selbst nachdem seine Unschuld bewiesen wurde, ist unser Ruf ruiniert. Die Leute sind voreingenommen. Oh, und glaub ja nicht, es wäre mir entgangen, dass sie versucht, mir meinen Freund direkt vor der Nase wegzuschnappen."

„Meine Güte, was ist los mit dir?", brüllte Charles

sie an. „Angie und ich sind nur Freunde. Aber das spielt jetzt eigentlich auch keine Rolle mehr, denn das mit uns beiden hat sich erledigt."

„Bitte, Schatz, sei doch nicht so", flehte Breanne ihn an und ging auf ihn zu, wohl um ihn zu umarmen.

Er jedoch wandte sich von ihr ab und eilte zur Haustür. „Ich warte im Auto auf dich", rief er mir noch zu, bevor er nach draußen verschwand.

„Weißt du echt nicht, wer die Briefe geschrieben hat?", fragte ich sie mit ruhiger Stimme. So sehr ich Breanne auch hasste, sie war gerade abserviert worden und schien darüber ziemlich bekümmert zu sein. Außerdem brachte es nichts, sie anzuschreien. Vielleicht würde ein bisschen Freundlichkeit helfen.

„Ich weiß es wirklich nicht", sagte sie schniefend. „Und jetzt bitte ... bitte geh einfach."

Ich musterte sie einen Moment lang, bevor ich Charles schließlich nach draußen folgte. Ich fand ihn hinter dem Lenkrad seines Autos, den Kopf gesenkt, und Tränen liefen ihm über die Wangen. „Hey, alles okay?"

Er richtete sich auf und räusperte sich. „Ich hätte es besser wissen müssen. Ich bin so dumm gewesen."

„Es tut mir leid", murmelte ich. Was hätte ich auch sonst sagen sollen? „Willst du darüber reden?"

„Ehrlich gesagt", meinte er, während er das Auto aus der Einfahrt zurücksetzte, „ich möchte am liebsten vergessen, dass ich je mit ihr zusammen war. Nicht zu fassen, dass ich so viele Monate meines Lebens an sie verschwendet habe."

In diesem Moment war ich hin- und hergerissen. Einerseits wollte ich Charles eine gute Freundin sein, andererseits konnte ich das *„Ich hab's dir ja gesagt"* nur mit Mühe unterdrücken. Ich hatte immer gewusst, dass mit Breanne etwas faul war, aber dass sie zu derart fiesen Sachen fähig war ... Nie hätte ich erwartet, dass sie mir das Leben so zur Hölle machen würde.

„Es tut mir so leid, dass sie dir das angetan hat", sagte er, wobei er seine Augen fest auf die Straße gerichtet hielt. „Ich wollte Octocat schon vorher finden, aber jetzt fühlt es sich so an, als wäre es meine Pflicht, als wäre das Ganze irgendwie zum Teil meine Schuld. Ich weiß, dass ich einer der Hauptgründe bin, warum sie dich hasst, und jetzt ist es meine Aufgabe, alles wieder in Ordnung zu bringen."

„Charles, dich trifft überhaupt keine Schuld!"

„Es fühlt sich aber so an."

Ich legte ihm beschwichtigend die Hand auf den Unterarm. „Ich nehme deine Hilfe gerne an, aber du musst dich zu nichts verpflichtet fühlen. Danke, dass du so ein guter Freund bist."

Schweigend fuhren wir zurück. Hatte Charles es ernst gemeint, als er Breanne sagte, wir seien nur Freunde? Oder war er all die Monate auch insgeheim in mich verschossen gewesen?

Ich verdrängte diese Gedanken, denn in meinem Kopf wirbelte ohnehin schon zu viel herum. Und im Moment gab es eigentlich nur eine Frage, die wirklich zählte und auf die wir uns voll konzentrieren mussten ...

Wo war Octocat?

16

Zu Hause warteten Grandma und Cal auf unsere Rückkehr. Sie hatten sämtliche Lichter im Erdgeschoss eingeschaltet.

Cal sprang auf, als wir eintraten. „Habt ihr ihn gefunden?"

„Nein", informierte ich sie und ließ mir eine Tasse heißen Kakao von Großmutter in die Hand drücken, die ihre Rolle als Leiterin der Kommandozentrale sichtlich genoss.

„Habt ihr herausgefunden, wer die Zettel hinter-lassen hat?", fragte sie mit großen Augen.

„Ja, das haben wir." Ich biss mir auf die Lippe. Cal war immerhin Breannes Zwillingsbruder, und ich wollte nicht diejenige sein, die ihm diese Nachricht überbrachte, zumal sie seinen schlechten Ruf, der ihn zu Unrecht verfolgte, als Ausrede für ihre zwielichtigen Geschäfte benutzt hatte.

„Es war Breanne", antwortete Charles für mich mit verbitterter Stimme. Ich hatte ihn in all den Monaten, die ich ihn kannte, noch nie so wütend erlebt.

„Du meinst, deine Freundin?" Großmutter sah von Charles zu Cal und runzelte die Stirn. „Beziehungsweise deine Schwester?"

„Jetzt ist sie meine Ex", erwiderte er seufzend.

Grandma versuchte nicht einmal, ihre Freude über diese Neuigkeit zu verbergen. Sie legte sogar einen Arm um meine Schulter und drückte mich an sich. „Gut. Sie war sowieso nicht die Richtige für dich."

Ich wäre beinahe gestorben, als sie mir nicht gerade verstohlen zuzwinkerte.

Charles hatte es eindeutig mitbekommen, aber zumindest lächelte er jetzt.

Cal schien die Nachricht weitaus mehr zu belasten. „Warum sollte sie so etwas tun?" Er ließ sich auf die Couch sinken und fuhr sich mit beiden Händen durch die Haare. „Oh, warte. Es ist wegen mir. Nicht wahr?"

„Es ist nicht deine Schuld, dass dir ein Mord angehängt wurde", beruhigte ich ihn.

„Es fühlt sich aber so an, als wäre ich mitverantwortlich."

„Charles fühlt sich auch schuldig", sagte ich. „Aber glaub mir, keiner kann etwas dafür, keiner außer Breanne."

„Okay", unterbrach uns Grandma, und alle sahen sie an. „Schluss mit dem Gejammer. Auf uns wartet Arbeit!"

„Was meinst du? Breanne war ein Fiasko, eine Sackgasse. Angeblich weiß sie nicht, wer sie dafür bezahlt hat, die Briefe hier abzuliefern." Charles tigerte im Wohnzimmer umher wie ein eingesperrter, kampfbereiter Löwe.

„Ich fahre zu ihr und rede mit ihr." Cal erhob sich und marschierte zur Haustür. „Ruft mich an, wenn ihr mich braucht."

Die Tür knallte zu, und wir atmeten alle gleichzeitig geräuschvoll ein.

„Charles, sieh mich an." Großmutter ging direkt auf ihn zu und stellte sich auf die Zehenspitzen, um sich seinem Gesicht zu nähern.

Er blieb stehen. Seine Halsschlagader pulsierte, und auch die Adern an seinen Armen traten klar hervor. Die innere Anspannung war ihm deutlich anzumerken.

„Ich weiß, dass du gerade total fertig bist, aber du

und diese Frau, ihr habt ohnehin nicht zusammenge-passt", meinte Grandma nachdrücklich. „Also, hör auf zu grübeln und schalte dein großartiges Gehirn wieder ein. Wir brauchen dich, um unseren Kater zu finden."

„Was das angeht, war Breanne zwar ein Satz mit X", sagte ich zu Charles in einem sanfteren Ton als meine Großmutter, „aber das heißt noch lange nicht, dass wir in einer Sackgasse stecken. Wir haben immer noch die Liste der Begünstigten aus Ethels Testament, und du hast bisher nur diejenigen aus dem näheren Umkreis gecheckt, richtig?"

Er nickte, sagte jedoch nichts. Ich fragte mich kurz, ob er gerade Tränen oder Schreie unterdrückte. Vielleicht beides.

Ich nahm seine Hand in meine und drückte sie beruhigend. „Dann ist es an der Zeit, dass wir einen kleinen Ausflug unternehmen. Wenn jemand Breanne bezahlt hat, um die Briefe abzuliefern, wohnt er wahrscheinlich nicht nah genug, um das selbst zu erledigen."

„Ich bleibe hier bei den Tieren, falls in der Kommandozentrale etwas passiert", verkündete Grandma.

„Charles?", wisperte ich. „Du hast es im Moment echt schwer, das weiß ich, aber ich könnte einen

Freund an meiner Seite wirklich gut gebrauchen. Bist du dabei?"

Er senkte den Blick und nickte, als ob ein tonnenschweres Gewicht auf ihm lastete. „Ich bin dabei", seufzte er.

Ich schlang meine Arme um ihn und drückte ihn fest an mich. „Danke", murmelte ich. „Aber bevor wir losdüsen, müssen wir einen kurzen Zwischenstopp bei diesem 24-Stunden-Laden an der Tankstelle einlegen und auch noch schnell bei Breanne vorbeischauen."

Er starrte mich entsetzt an. Offenbar schienen wir endlich einer Meinung zu sein, was sie betraf, obwohl ich mir andere Umstände dafür gewünscht hätte. Leider blieb uns nichts anderes übrig, als an diesem Abend erneut bei ihr vorbeizufahren.

„Ich fürchte, wir haben Maple dort vergessen", gab ich zu und zuckte mit den Schultern. Gleichzeitig machte ich mir schreckliche Vorwürfe, dass wir eines unserer Teammitglieder zurückgelassen hatten. „Ich denke, wir sollten uns dafür mit mindestens einem Glas Erdnussbutter entschuldigen. Deswegen muss ich vorher in den Shop. Komm schon, gehen wir."

✳ ✳ ✳

Seit dem Beginn unserer Observierung an diesem Abend um zehn hatten Charles und ich keine Sekunde geschlafen, und nach den ganzen Ereignissen war ich mir sicher, wir würden diese Nacht auch kein Auge zutun, selbst wenn wir es wollten. Also schnappten wir uns ein paar von den gekühlten Espresso-Getränken, von denen Grandma immer behauptete, sie schmeckten nach Kreide, und machten uns auf der Suche nach entscheidenden Hinweisen auf den Weg zu unserem nächsten großen Abenteuer.

„Wem sollen wir zuerst einen Besuch abstatten?", fragte Charles, als wir die Hauptstraße erreicht hatten, die durch unsere kleine Stadt Glendale führte.

„Ethels Nichte, Anne", sagte ich bestimmt und deutete auf ihren Namen auf dem Ausdruck, den Charles mir gegeben hatte. „Sie war mir definitiv nicht ganz geheuer, als wir uns das letzte Mal trafen."

„Nicht geheuer, aha. Traust du ihr so etwas denn zu?". Er grinste verschmitzt, streckte die Arme und lehnte sich in seinem Sitz zurück. Jetzt, wo wir Maple aus Breannes Fängen befreit und dieses Kapitel hinter uns gelassen hatten, wirkte er wieder viel normaler und entspannter.

„Nicht geheuer im Sinne von nicht vertrauenswürdig. Sie stand auf meiner Liste der Mordverdächtigen." Dann erzählte ich ihm von meinen diversen Begegnungen mit der unheimlichen älteren Frau.

„Definitiv verdächtig", stimmte er zu. „Ist sie wirklich in Ethels Haus eingebrochen?"

„Ja, aber da ich das auch gemacht habe, beschloss ich, das nicht an die große Glocke zu hängen." Ich begann, geistesabwesend an einem Fingernagel zu knabbern. Obwohl Charles und ich wieder zu unserem üblichen lockeren Geplänkel zurückgefunden hatten, war es doch anders als zuvor. Jetzt fragte ich mich bei jedem seiner Blicke, Berührungen und Worte, ob sich noch mehr dahinter verbarg und ob er meine Gefühle erwiderte.

Ich kniff mich in die Hand, um meine volle Aufmerksamkeit wieder darauf zu lenken, wie wir Octocat finden könnten, anstatt darüber nachzusinnen, was er möglicherweise für mich empfand – oder auch nicht.

Glücklicherweise musste er sich aufs Fahren konzentrieren, sodass er meine komischen Anwandlungen nicht mitbekam. „Aber du sagtest, sie war dort, um sich nach Antiquitäten und anderen Wertgegenständen umzuschauen, die sie für sich behalten wollte, richtig?"

„Ja, und wenn Octocat und ich nicht aufgetaucht

wären, um sie zu stoppen, hätte sie mit Sicherheit alles mitgenommen.“

„Hat sie das auch gesagt?“ Charles unterdrückte ein schelmisches Kichern, und ich gab ihm einen spielerischen Klaps auf den Oberarm.

„Ha-ha. Komm schon, jetzt mal im Ernst.“

Er brach erneut in Gelächter aus.

„Na schön, es sei dir verziehen, es war ja schon eine lange Nacht und wir fangen gerade erst an“, erwiderte ich scherzhaft. „Jedenfalls, ja, mein Bauchgefühl sagt mir, dass es Anne ist. Bei den anderen kann ich es mir nicht so recht vorstellen, um ehrlich zu sein.“

„Tja, ich schätze, dann fahren wir jetzt nach Boston. Wenigstens sollten wir vor der morgendlichen Rushhour dort eintreffen.“

Für einen Moment starrten wir beide in die düstere Nacht. Schließlich gab ich Annes Adresse ins Navi meines Telefons ein. „Die Fahrt dauert fast vier Stunden“, stöhnte ich.

„Es hätte schlimmer kommen können“, meinte Charles achselzuckend. „Ethel hatte auch Familie in Oregon. Das nenne ich eine lange Fahrt.“

„Was machen wir, wenn ich mit Anne falschliege?“, murmelte ich. „Wo sollen wir dann hin?“

Er griff nach meiner Hand und hielt sie in seiner.

„So darfst du nicht denken. Konzentrier dich nur darauf, Octocat zu finden, damit wir ihn wieder sicher nach Hause bringen können. Alles andere ist nicht wichtig. Und wenn dein Bauchgefühl dir sagt, dass Anne dahintersteckt, glaube ich das auch." Er hob meine Hand an seine Lippen und küsste sie, bevor er losließ.

Diese süße kleine Geste brachte mein Herz zum Rasen, und die Schmetterlinge in meinem Bauch spielten verrückt. Mit dem Gefühl seiner Lippen auf meiner Haut waren all meine Ängste plötzlich verschwunden. Charles glaubte daran, glaubte, dass wir es schaffen würden.

Und jetzt tat ich das auch.

17

ch hätte nicht schlafen können, selbst wenn ich es gewollt hätte. Zum einen hatte mich die Vorfreude gepackt, meinen vermissten Fellfreund endlich wiederzusehen, zum anderen fand ich es furchtbar aufregend, mit Charles unterwegs und ihm so nah zu sein.

Lange Zeit hatte ich mir gewünscht, dass er mit Breanne Schluss machen würde, und jetzt war es Wirklichkeit geworden. Ob er endlich erkannt hatte, dass wir beide schon immer füreinander bestimmt waren? Monatelang hatte ich versucht, meine Gefühle für ihn beiseitezuschieben, aber es war mir nie richtig gelungen.

In dem Gerichtsprozess gegen Cal, der zu Unrecht wegen Doppelmordes angeklagt worden war, hatte er alles gegeben. Er akzeptierte meine Fähigkeit, mit Tieren sprechen zu können als wäre es das Normalste auf der Welt. Er hatte zwei obdachlose, traumatisierte Katzen aufgenommen, nachdem sie unbeabsichtigt ihre Besitzerin getötet hatten. Er war einfach immer da und immer lieb und freundlich.

„Worüber denkst du nach?", wollte er wissen.

Ich gähnte, um mir etwas Zeit zu verschaffen. „Bin nur müde."

„Wehe, du schläfst mir ein", neckte er. „Gleich ist Schichtwechsel."

„Halt an. Ich übernehme jetzt." Das Fahren würde mich sicher ablenken, um all die Gedanken zu verdrängen.

Charles schaute zu mir herüber, dann wieder auf die Straße. „Bist du sicher?"

„Ich bin fit, versprochen. Doch wenn es dich beruhigt, ziehe ich mir noch einen von diesen Fertig-kaffees rein." Ich nahm einen der kleinen braun-bunten Becher und schüttelte ihn kräftig.

„Okay, danach wechseln wir." Er drehte die Musik auf und klickte sich durch ein paar Songs, bevor er bei einer meiner Lieblings-Metal-Balladen aus den 80ern hängen blieb.

„Weißt du, es ist ein Irrglaube", sagte ich,

während ich zu dem melancholischen Beat mit dem Kopf wippte.

Er hörte auf mitzusingen und blickte kurz in meine Richtung. „Was meinst du?“

Ich zuckte mit den Schultern. „Dass zu viel Koffein zu einem Herzstillstand führen kann.“ Zumindest mein Herz schlug immer noch gegen meinen Brustkorb wie ein eingesperrtes wildes Tier. Daran würde auch mein Kaffeekonsum nichts ändern.

Alles nur wegen Charles, meinem Traummann. Der Himmel stehe mir bei.

Als das Lied zu Ende war, legte Charles seine Luftgitarre beiseite und fuhr an den Straßenrand, damit wir die Plätze tauschen konnten.

„Bist du traurig?“, fragte ich ihn, als erneut ein recht düsteres Lied aus den Lautsprechern ertönte. „Wegen Breanne?“

„Eher sauer, würde ich sagen.“ Er scrollte wieder durch seine Playlist und wählte diesmal einen aggressiven Hard-Rock-Titel, der absolut nicht mein Fall war.

„Meinst du, dass du ihr verzeihen kannst? Dass ihr beide wieder zusammenkommen werdet?“ Ich brüllte gegen die schrille Migräne-Mucke an.

Daraufhin senkte er die Lautstärke und fixierte mich von der Seite. „Meinst du, wir sollten?"

Ich spürte, wie mir die Röte in die Wangen stieg und hoffte, dass er es nicht bemerkte. „Nein", antwortete ich ehrlich.

„Sehe ich auch so", sagte er, verschränkte die Arme und lehnte sein Gesicht seufzend gegen das kalte Fenster. „Das mit uns passte ohnehin nie so ganz."

„Warum seid ihr dann so lange zusammengeblieben?"

Zugegeben, ich war schon ziemlich neugierig, aber ich musste doch wissen, wie die Dinge standen, und Charles schien kein Geheimnis daraus machen zu wollen. Außerdem hatten wir noch jede Menge Zeit totzuschlagen, bevor wir bei Anne in Boston ankommen würden.

„Das ist eine gute Frage", antwortete er nach einer kurzen Pause.

Als ich zu ihm hinüberblickte, hatte er die Augen geschlossen und lächelte kaum merklich. „Du musst nicht antworten, wenn du nicht willst", räumte ich ein, hoffte jedoch inständig, er würde es mir verraten.

Er seufzte und rutschte in seinem Sitz hin und her, die Stirn gerunzelt und mit gequälter Miene. „Ich glaube, ich war einfach einsam, nachdem ich so weit von zu Hause weggezogen war, um ein neues Leben in Blueberry Bay zu beginnen. Ich habe versucht, Wurzeln zu schlagen."

„Und deshalb auch das Haus und die Katzen?", hakte ich nach. *Siehst du, es gibt andere Möglichkeiten, sich ein Leben aufzubauen. Dafür braucht man keine Breanne Calhoun.*

„Ja, und die Firma. Ich hätte nie gedacht, dass ich so schnell Seniorpartner werden und die anderen Partner sich die Klinke in die Hand geben würden. Das hat mich echt auf Trab gehalten. Vielleicht zu sehr, um zu realisieren, was zwischen mir und Breanne vor sich ging."

Das waren ja ganz neue Töne. „Was meinst du?"

„Ich schätze, dass es für mich einfacher war, weiter mit ihr auszugehen und nichts an der Situation zu ändern. Verstehst du, was ich meine?"

„Nein", antwortete ich ehrlich. „Nicht wirklich."

Er holte tief Luft und blinzelte einen Moment zu mir herüber, bevor er die Augen wieder schloss. „Ich habe immer gern Zeit mit Breanne verbracht, auch wenn sie dich gehasst hat, aber sie war immer nett zu mir. Ich habe es genossen, mit ihr zusammen zu sein, und das war das Entscheidende. Es war schön, aber nicht richtig erfüllend. Wirklich gesehnt habe ich mich nicht nach ihr, habe nie die Stunden gezählt, bis ich sie wiedersehen konnte, und die Arbeit und andere Dinge waren mir stets wichtiger. Sie hat eine Lücke in meinem Leben gefüllt, jedoch nur zum Teil, denke ich."

„Ging ihr das genauso?", murmelte ich, um seine ernste Stimmung zu durchbrechen.

Charles lachte leise auf und fuhr fort: „Vielleicht war ich unfair ihr gegenüber, weil ich es so lange habe laufen lassen. Wahrscheinlich hätte ich jetzt ein schlechtes Gewissen, wenn ich nicht so wütend darüber wäre, was sie dir angetan hat."

„Mach dir um mich keine Sorgen", beruhigte ich ihn. „Ich komme schon klar."

„Das weiß ich. Du bist die stärkste Person, die ich kenne", sagte er leise, und eine weitere Hitzewallung überkam mich und ließ mich erröten.

War das jetzt der passende Zeitpunkt, um ihm meine Gefühle zu gestehen?

Eigentlich hatte er mir gerade eine perfekte Vorlage gegeben, und das Timing schien günstig – wir hatten weder dringende berufliche Verpflichtungen, noch saß uns eine wütende Freundin im Nacken, der gegenüber ich mich hätte rechtfertigen müssen. Wir konnten also ganz offen über uns und unsere Gefühle sprechen.

Eine bessere Gelegenheit hatte es nie gegeben. Ich

musste nur meinen ganzen Mut zusammennehmen ...

„Charles ...“, raunte ich und schaute zu ihm hinüber. Es gab so viel, was ich ihm sagen wollte ...

Allerdings hatte sich das mit dem perfekten Moment gerade erledigt – Charles schlief tief und fest.

* * *

In großen Städten Auto zu fahren, hatte mir noch nie ganz behagt, aber zum Glück erreichten wir Boston noch vor Sonnenaufgang. Ich weckte Charles fünf Minuten vor unserem Ziel, laut Navi.

„Warum hast du mich so lange schlafen lassen?“, stöhnte er.

„Du hast es offensichtlich gebraucht“, sagte ich lächelnd. Ich war so kurz davor gewesen, ihm alles zu offenbaren, all meine geheimen Wünsche und Sehnsüchte. Gott sei Dank war er eingenickt und hatte mich – uns – davor bewahrt. Ich musste mich jetzt auf Octocat konzentrieren. Wir beide.

Er richtete sich in seinem Sitz auf und klatschte sich ein paar Mal auf die Wangen, um wach zu werden. „Also, wie lautet dein Plan?“

Glücklicherweise hatte ich viel Zeit zum Nachdenken gehabt, begleitet von Charles' kunterbunter Playlist. „Ich dachte, du könntest bei ihr klingeln. Erfinde irgendeine Ausrede über den Nachlass und das Schiedsverfahren. Wenn du dich dabei sehr juristisch ausdrückst, wird sie sicher keinen Verdacht schöpfen."

Er nickte und rieb sich den Schlaf aus den Augen. „Okay. Was dann?"

„Bring sie dazu, dich hereinzubitten. Nach kurzer Zeit entschuldigst du dich und fragst, ob du die Toilette benutzen darfst. Dann schau dich um, ob du ihn findest."

„Das ist ein guter Plan, aber ..." Er seufzte und streckte die Beine von sich, dann wandte er sich mir wieder zu. „Glaubst du nicht, dass es verdächtig wäre, schon vor sechs Uhr morgens bei ihr aufzukreuzen?"

„Ja, stimmt." Was sagte Grandma immer? Eile mit Weile. Aber Warten gehörte nicht zu meinen Stärken.

Charles schien das nicht zu stören. Er lächelte zu mir herüber und fragte: „Wie wäre es, wenn wir erst etwas frühstücken und dann zu einer vernünftigeren Zeit zurückkommen, damit sie uns unsere Geschichte abkauft?"

„Das wäre wahrscheinlich besser", stimmte ich zu.

Sein Gesicht erhellte sich, und er deutete auf ein

großes, beleuchtetes Schild am Ende der Straße. „Da ist ein Diner. Komm schon. Wir genehmigen uns ein paar Spiegeleier mit Speck. Die gehen auf mich.“

Ich nickte und bog auf den Parkplatz ein. Ach, hätten wir das bloß etwas besser getimt, aber wenigstens kamen wir irgendwie voran.

Charles hielt mir die Tür auf, was ja an sich keine große Sache war, doch es fühlte sich großartig an. „Ladies first“, sagte er.

Und ich lief rot an.

Ich und meine verflixte Verliebtheit.

18

Wir frühstückten in Ruhe, jedoch konnte ich es nicht recht genießen, weil mich diese ganzen unausgesprochenen Dinge plagten. Gegen halb acht reichte Charles der Kellnerin seine Kreditkarte und fragte mich, ob ich bereit sei, zu Anne zu fahren.

Oh, und wie ich dafür bereit war.

„Danke für die Einladung", murmelte ich schüchtern. „Das hat gutgetan."

Er legte mir einen Arm um die Schultern, und wir bewegten uns in Richtung Ausgang. „Nichts zu danken. Wir sind doch Freunde."

Freunde. Ach so, ja.

„Was denkst du, wie Octocat reagieren wird, wenn wir ihn finden?" Ich wechselte bewusst das Thema, um den Fokus wieder auf den eigentlichen Grund unseres Ausflugs zu lenken.

Er lächelte und riss die Augen auf. „Ich wette, er wird sehr dankbar sein, dich vermutlich abschlecken und sich kraulen lassen."

Ich kicherte, als er mir wieder die Tür aufhielt. „Die Wette nehme ich an, denn ich bin mir ziemlich sicher, dass er zuerst eine ordentliche Mahlzeit verlangen und uns dann anmotzen wird, dass wir so lange gebraucht haben, ihn zu finden."

„Ach, Quatsch!" Charles lachte. „Natürlich wird er sich freuen. Warum sollte er sich beschweren? Wir haben uns doch für ihn auf den Kopf gestellt."

„Erst schlag ein", beharrte ich, ohne Blickkontakt mit ihm aufzunehmen, während wir den Parkplatz überquerten. „Zwanzig Mäuse?"

„Einverstanden." Er rutschte hinter das Lenkrad, und ich nahm auf dem Beifahrersitz Platz. „Jetzt erklär mir das, Russo."

„Sagen wir einfach, dass ich die Einzige bin, die ihn wirklich versteht, und na ja – oft übersetze ich dir und Grandma nicht alles, was er so von sich gibt." Bei dem Gedanken musste ich lächeln und merkte, wie sehr ich Octocat und alles an ihm vermisste.

„Moment mal!" Charles lehnte sich zu mir

herüber. „Hat er etwa die ganze Zeit fiese Sachen über mich gesagt? Und ich hatte keinen Schimmer?“

Wieder lachte ich auf und fühlte mich ein bisschen leichter, fast so, als wäre Octocat jetzt hier bei uns. „Nicht die ganze Zeit, aber er nennt dich mitunter Kotzbrocken.“

„Was für eine Frechheit!“, rief Charles entrüstet. „Wenn wir ihn sicher nach Hause gebracht haben, werde ich mir auch einen gemeinen Spitznamen für ihn ausdenken.“

„Mach das“, gluckste ich belustigt.

Oh, ich konnte es kaum erwarten, wie sich das entwickeln würde.

Wir erreichten Annes Bungalow etwa fünf Minuten später. Es war immer noch früh, aber einige der Kinder aus der Nachbarschaft tummelten sich bereits an der nahen Bushaltestelle.

„Ich warte hier. Geh du vor.“ Ich gab Charles einen kleinen Schubs und sah zu, wie er selbstbewusst die Stufen der Veranda zu Annes Haustür erklomm, die Aktentasche unter dem Arm. Trotz seines übernächtigten Gesichts mit dunklen Schatten unter den Augen sah er aus wie ein Anwalt in offizieller Mission.

Hoffentlich würde Anne es ihm auch abkaufen.

Er läutete an der Tür und wartete.

Als nichts geschah, drückte er erneut auf den Klingelknopf.

„Vielleicht ist sie kaputt", schrieb ich ihm aufs Handy. Ich wollte nicht rufen, nur für den Fall, dass Anne sich an mich erinnerte. Womöglich würde sie sich dann verstecken. „Versuch zu klopfen."

Er klopfte mehrmals, aber niemand kam. Falls Anne sich im Haus befand, weigerte sie sich eindeutig, die Tür zu öffnen.

Ich kletterte aus dem Auto und marschierte zu Charles hinüber. „Machen Sie auf, Anne Fulton!", rief ich gegen die hölzerne Tür. „Wir wissen, dass Sie da drin sind!"

„Ähm, Entschuldigung", ertönte eine Frauenstimme von nebenan. „Suchen Sie nach Anne?"

Anscheinend war ich hier nicht die Einzige mit herausragenden kombinatorischen Fähigkeiten. Wir gingen zu der Frau hinüber, die im Vorgarten des Nachbarhauses stand.

„Ja", sagte Charles und nickte zur Begrüßung. „Wir sind von der Kanzlei, die den Nachlass ihrer verstorbenen Tante verwaltet, und haben einige sehr wichtige Neuigkeiten mit ihr zu besprechen."

Die Frau runzelte die Stirn und schüttelte den Kopf. „Tut mir leid, Sie haben sie gerade verpasst. Also nein, sie ist schon seit ein paar Tage weg, im

Urlaub. Ich habe ihre Post aus dem Briefkasten genommen und ihre Blumenbeete gegossen. Kann ich ihr etwas ausrichten?"

„Danke, aber das ist schon in Ordnung", antwortete ich und zwang mich zu einem Lächeln. Die Nachbarin konnte ja nichts dafür, dass Anne wie vom Erdboden verschluckt war. Dank ihr war es uns jetzt allerdings nicht mehr möglich, uns weiter am Haus umsehen. Zu blöd.

„Wissen Sie, wann genau sie weggefahren ist?", fragte mein schlauer Freund.

„Am Dienstagmorgen in aller Frühe."

„Vielen Dank. Sie haben uns sehr geholfen", sagte er und nickte ihr erneut zu, um sich zu verabschieden.

Ich folgte ihm zum Auto. Wir sprachen erst wieder, nachdem uns die Nachbarin ein letztes Mal zugewinkt und sich zurück zu ihrem Haus begeben hatte.

„Zeitlich passt das alles perfekt zusammen", sagte er. Seine Hände zitterten vor Aufregung. „Anne ist weg aus Boston, um Octocat zu entführen, und wahrscheinlich ist er seitdem bei ihr."

„Glaubst du, sie treibt sich irgendwo in Blueberry Bay herum?"

„Ruf Grandma an. Sie wird wissen, was wir jetzt

tun sollen. Den Rest können wir auf dem Heimweg besprechen."

Wie erwartet nahm Großmutter beim ersten Klingeln ab und hatte sofort einen Plan parat, nachdem ich sie über die Geschehnisse in Boston informiert hatte. „Wenn diese elende Frau sich hier in der Nähe aufhält, werde ich sie finden. Ich habe das perfekte Kostüm für diese Rolle."

„Welche Rolle?", fragte ich.

„Natürlich die der gutmütigen, aber vergesslichen alten Tante, die niemand verdächtigt. Man wird mir sicher sofort ihre Zimmernummer mitteilen, und wenn ich sie habe, werde ich ..."

„Du wirst auf Charles und mich warten!", unterbrach ich sie. „Versprich mir das, bitte."

„Okay. Ich werde sie aufspüren und dann die Lage überwachen, bis das B-Team eintrifft."

„Also sind wir jetzt das B-Team?", kicherte ich.

„Wir können nicht alle das A-Team sein, Schatz. Und jetzt gebt Gas, damit wir die alte Hexe überrumpeln und uns zurückholen können, was uns gehört."

Nachdem ich aufgelegt hatte, wandte ich mich mit einem breiten Grinsen an Charles und fragte: „Wie schnell kannst du uns zurückbringen?"

Er drückte noch mehr aufs Gaspedal, und wir sausten los.

* * *

Ich war zuversichtlich, dass wir Octocat vor Tagesende finden würden, aber einige Dinge gaben mir weiter Rätsel auf. Angenommen Anne hatte sich die ganze Zeit in Glendale aufgehalten, warum hatte sie dann Breanne angeheuert, um ihre Drohbriefe zu überbringen? Und warum veranstaltete sie diesen ganzen Zirkus gerade jetzt, wo das Schiedsgerichtsverfahren doch bereits für morgen angesetzt war?

Charles hatte auch keine plausible Erklärung dafür, sodass wir nur hoffen konnten, Anne nachher auf frischer Tat zu ertappen und ein Geständnis von ihr zu bekommen. Allerdings mussten wir uns bis dahin noch eine Weile gedulden und uns durch den Verkehr nach Hause kämpfen.

Wir waren noch ein paar Stunden von Glendale entfernt, als Großmutter anrief. Ich stellte das Telefon auf laut, damit Charles mithören konnte.

„Der Adler ist gelandet!", rief sie ins Telefon. „Ich wiederhole, der Adler ist gelandet!"

„Heißt das, du hast Anne gefunden?", rief ich. Hoffnung stieg in mir auf wie ein glänzender Heliumballon, der zur Decke schwebte.

Grandma kicherte. „Selbstverständlich haben wir sie gefunden. Wir sind ja schließlich das A-Team."

Ich stieß einen lauten, erleichterten Seufzer aus. Wir standen kurz davor, unser Katerchen zurückzubekommen. Dennoch war mir die Sache noch nicht ganz klar, also hakte ich nach: „Mega! Aber zwei Fragen habe ich trotzdem: Wo bist du, und wer gehört zu deinem A-Team?"

„Ähm, Sekunde mal, Liebes." Nans Trainingshose raschelte im Hintergrund, und einen Moment später erklärte sie mir: „Sorry, ich wollte dir das lieber ohne Zuhörer sagen. Ich bin mit Cal und seiner Schwester hier."

„Breanne ist bei dir?", rief ich aus, starr vor Entsetzen. „Warum?"

„Entspann dich. Ich weiß, du hasst sie, aber sie ist diejenige, die Annes Aufenthaltsort herausgefunden und uns direkt dorthin geführt hat."

Charles warf mir einen panischen Blick zu, und ich zog eine Grimasse, wobei ich mir Daumen und Zeigefinger wie eine Pistole an den Kopf hielt.

„Hast du was zum Schreiben für die Adresse?", fragte Grandma. Offenbar wollte sie in diesem Moment weder über Breanne noch über Anne sprechen.

Recht hatte sie. Schluss mit langen Reden. Es war Zeit zu handeln.

Ich notierte mir die Anschrift und bat Großmutter, mir diese auch noch einmal aufs Handy zu schicken. Anscheinend hatte sich Anne ein Zimmer in einem Motel in der nahe gelegenen Stadt Cooper Cove genommen. Wir würden in weniger als zwei Stunden dort sein.

„Ich hoffe, du hältst die zwanzig Mäuse schon bereit?", neckte ich Charles. Bald würde ich unsere kleine Wette gewinnen, aber viel wichtiger war, dass ich bald meinen Kater zurückhaben und endlich erfahren würde, warum er überhaupt entführt worden war.

Wir hatten es fast geschafft.

Anne, wir kommen, und du hast keine Chance …

Ich würde meine kleine Samtpfote verteidigen wie eine Katzenmama ihre Babys.

19

Charles und ich erreichten das schäbige Motel in Cooper Cove in Rekordzeit. Als wir ankamen, warteten Großmutter und die Calhoun-Zwillinge schon auf dem Parkplatz. Grandma saß mit Cal in ihrem Sportcoupé, während Breanne ein Stück weiter auf dem Fahrersitz ihres Luxus-SUV einen riesigen Stapel Papiere durchblätterte.

Bei unserem Eintreffen sprangen alle sofort aus ihren Autos und eilten zu uns herüber.

Cal nahm mich fest in den Arm. „Willkommen zurück", sagte er mit einem charmanten Grinsen.

Breanne versuchte, Charles zu umarmen, aber er wehrte sie ab.

„Los geht's!", stieß Grandma hervor, und schon

führte sie unsere Truppe die enge Außentreppe hinauf, zum Motelzimmer Nummer sechsundzwanzig.

Und wir folgten ihr alle wie gehorsame kleine Entlein.

Das Zimmer war das dritte auf der rechten Seite. Charles drängte sich nach vorne und klopfte an die Tür. „Machen Sie auf", rief er mit einer viel tieferen Stimme als sonst. Vielleicht, um einschüchternder zu klingen. Sehr gut. So würde sie hoffentlich freiwillig öffnen.

„Seid ihr sicher, dass Anne überhaupt da drin ist?", fragte ich frustriert. Es kam mir wie ein Déjà-vu vor. Was, wenn das wieder ein Reinfall wie in Boston werden würde?

„Anne? Nein", antwortete Grandma mit festem, entschlossenem Blick. „Der Entführer? Ja."

„Wie jetzt ...?" Meine Stimme zitterte in diesem Augenblick genauso heftig wie meine Hände.

Auch Charles wirkte völlig verwirrt, und Cal erklärte uns die Situation. „Also, hört mal zu. Das Ganze war so: Breanne hatte ein schlechtes Gewissen, weil sie sich in diese Sache hat reinziehen lassen. Deshalb war sie einverstanden, uns zu helfen."

„Das stimmt. Ich wollte euch helfen. *Das will ich.*"

Sie legte eine Hand auf Charles' Arm, der sich ihr jedoch ruckartig entzog.

„Ich würde das lieber von deinem Bruder hören", brummte er, ohne seine frischgebackene Ex auch nur eines Blickes zu würdigen.

Cal wartete, bis ich nickte und fuhr dann fort. „Nun, ähm, Bree hat eine E-Mail an den Verfasser der Drohbriefe geschrieben, da sie mit ihm nur auf diesem Weg Kontakt hatte. Sie meinte, im Grunde sei der Plan des Erpressers aufgegangen, weil du bereit wärst, das Haus aufzugeben." Der arme Kerl wirkte total nervös. Es schien ihm gar nicht zu behagen, der Mittelsmann in dieser Angelegenheit zu sein, und ich konnte es ihm nicht verübeln.

Als er weiter herumdruckste, ergriff Breanne das Wort. „Ich teilte diesem Jemand mit, dass ich die vorläufigen Dokumente habe und dass wir uns persönlich treffen müssten, um mit der nächsten Phase des Plans zu beginnen. Etwa eine Stunde später erhielt ich diese Adresse und die Zimmernummer."

„Wart ihr schon drinnen?", fragte ich und blickte zurück in Richtung der Tür.

„Nein, wir haben auf euch gewartet", antwortete Großmutter. „Ohne euch hätten wir den Fall nicht gelöst."

„Ja, leider warten wir nun schon eine halbe Ewigkeit hier", meckerte Breanne und sah mich feindselig an, nachdem Charles ihr klar zu verstehen gegeben hatte, dass er nichts mehr mit ihr zu tun haben wollte. „Können wir das also bitte endlich hinter uns bringen? Ich habe heute noch andere Dinge zu tun."

„Etwa noch mehr Drohbriefe ausliefern?", spöttelte Grandma und lachte über ihren eigenen Witz.

Ich konnte nicht widerstehen, ihr ein High Five dafür zu geben, auch wenn es wohl ein wenig kindisch wirkte.

Breanne sah uns beide finster an, und mir wurde wieder bewusst, dass wir nicht zum Spaß hier waren.

„Sie reagiert nicht", murmelte ich, starrte auf die billige Moteltür und wünschte mir, ich hätte Röntgenaugen. „Warum macht sie nicht auf?"

Grandma räusperte sich und hielt einen Zeigefinger hoch. „Zimmerservice!", rief sie fröhlich und klopfte beschwingt an.

Nichts rührte sich, aber die Tür zum Nebenzimmer öffnete sich einen Spalt und ein Mann mittleren Alters lugte heraus. „Zimmerservice?", fragte er mit einem verwirrten Gesichtsausdruck.

„Die sind gerade in ein anderes Zimmer gegangen. Sieht so aus, als hätten Sie noch ein bisschen

Zeit, um sich fein zu machen", zwitscherte Großmutter mit einem koketten Augenzwinkern.

„Moment mal bitte", rief ich, kurz bevor die Tür
des Mannes zufiel.

Er drückte sie ein kleines Stück auf und starrte
mich interessiert an.

„Haben Sie zufällig die Frau gesehen, die in
diesem Zimmer übernachtet hat? Wir wollten uns
heute treffen, aber sie scheint nicht da zu sein."

Er schüttelte den Kopf. „Nein, tut mir leid. Ich bin
erst gestern Abend angekommen."

Klick. Die Tür fiel ins Schloss.

„O Mann, das ist ja lächerlich", stöhnte Breanne.
„Komm schon, Cal." Sie packte seinen Arm und zog
ihn mit sich. „Wir gehen zur Rezeption und fragen
nach. Ihr anderen könnt hierbleiben."

Grandma, Charles und ich warteten schweigend.
Was gab es da noch zu sagen? Octocat könnte sich in
dem Zimmer befinden oder auch nicht. Es war wie
bei Schrödingers Katze, nur hoffentlich ohne Kiste
und ohne tote Katze.

Zum Glück dauerte es nur fünf Minuten, bis die
Zwillinge zurückkamen.

„Der- oder diejenige hat bereits ausgecheckt",
informierte uns Cal mit einem enttäuschten Kopf-

schütteln. „Und wir waren so nah dran. Tut mir leid, Angie."

Großmutter klopfte ihm auf den Bizeps. „Das ist schon okay, mein Lieber. Haben sie euch einen Namen genannt?"

„Nein, sie meinten, das dürften sie nicht", zischte Breanne. „Aus Datenschutzgründen."

Tränen der Wut brannten in meinen Augen, und meine Kehle war wie zugeschnürt. „Was jetzt?", brüllte ich die verschlossene Tür an.

Charles und Grandma legten beide einen Arm um mich, woraufhin Breanne auf ihren unglaublich hohen Absätzen kehrtmachte. „Gut, das war's dann hier", rief sie, bevor sie winkend davonstöckelte. „Haltet mich auf dem Laufenden. Oder lasst es bleiben. Wie auch immer."

„Was für eine Tussi, die da. Du weißt ja, dass ich sie noch nie leiden konnte", teilte uns eine leise, hochmütige Stimme von unten mit.

„Nicht jetzt, Octocat", murmelte ich. „Wir müssen uns überlegen, was wir als Nächstes tun."

Warte ... War das ...? *Oh!*

Ich wirbelte herum und trat so schwungvoll an das Geländer des Außenflurs, dass ich beinahe hinuntergestürzt wäre.

„Pass auf!", rief Charles, schlang seine Arme um

meine Taille. Er hatte mich gerade noch rechtzeitig aufgefangen.

In dem Moment realisierte ich jedoch nicht, dass mein Schwarm mich womöglich vor einem bösen Sturz bewahrt hatte. Mich interessierte allein die braun-schwarz-gestreifte Gestalt, die ich verschwommen in dem kleinen Hof unten sitzen sah und die mich irritiert betrachtete.

„Also weißt du …", sagte Octocat betont langsam, damit ich es nur ja verstand. „Ich war drei ganze Tage weg von zu Hause. Drei ganze Tage, an denen ich Leitungswasser trinken und Billig-Katzenfutter hinunterwürgen musste. *Drei Tage* ohne mein iPad und ohne meine Katzenklappe. Weißt du, wie sehr ich gelitten habe? Ehrlich, Angela, warum hat das so lange gedauert, wo hast du gesteckt?"

Ich verschluckte mich vor lauter Schluchzen und stieß Charles mit dem Ellbogen an. „Du schuldest mir zwanzig Dollar", japste ich und streckte die Hand aus.

„Bringt ihr mich jetzt endlich nach Hause?", forderte Octocat uns auf. „Ich setze keine Pfote mehr auf diesen dreckigen Boden, und für diese Woche hatte ich mehr als genug Abenteuer, vielen Dank."

Ich wischte mir die Nase mit dem Handrücken ab und rannte die Treppe hinunter. Bei meinem Kater angekommen, hob ich ihn hoch und drückte ihn an meine Brust.

„Ekelhaft!", protestierte er. „Ich habe gerade meine Mittagswäsche beendet, und jetzt wischst du deine Keime an mir ab. Lass mich runter, du dreckiger Mensch. Lass mich sofort runter."

Ich setzte ihn zurück aufs Gras und lachte schallend. Es war mir egal, wie verrückt das für andere aussehen musste. Das war einer der besten Tage meines Lebens. Ich hatte Octocat wieder, und er war ganz der Alte – auch wenn *er* behauptete, man hätte ihm etwas angetan. Allerdings fragte ich mich ...

„Wie kommst du hierher, ganz allein? Wo ist die Person, die dich entführt hat?" Ich starrte in seine funkelnden, bernsteinfarbenen Augen.

Mein Kater sprang auf eine nahe gelegene Bank und reckte theatralisch eine Pfote in die Höhe. Was auch immer er zu erzählen hatte, es würde eine dramatische und gleichermaßen unterhaltsame Story werden, in der er natürlich die Hauptrolle spielte. Hach, es war so schön, ihn wiederzuhaben.

Er lächelte und begann mit seinem erschütternden Bericht. „Also, vor ein paar Stunden ist sie überstürzt abgereist. Sie wollte mich mitnehmen, aber ich hatte noch ein Ass im Ärmel ..."

Er fuhr unvermittelt die Krallen aus, was in der Tat ziemlich bedrohlich wirkte.

„Sagen wir mal so, ich habe den Kampf gewonnen." Er lachte auf seine typische Art, als wäre er ein Mafiaboss.

„Du sprachst von einer *Sie*. Weißt du, wer dich entführt hat? War es eine Frau?"

Er zuckte mit seinen schmächtigen Schultern. „Es war definitiv eine Person, die ich schon einmal gesehen habe. Ich bin mir relativ sicher, dass es eine von Ethels Verwandten war, und ich bin mir zu mindestens sechzig Prozent sicher, dass es eine Frau war."

Ich kraulte ihn zwischen den Ohren. „Gute Arbeit." Es fiel ihm nach wie vor schwer, Menschen zu unterscheiden, aber er wurde langsam besser darin. Und er war wieder da, wo er hingehörte – bei mir.

„Ähm, Angie?", hörte ich Charles sagen. Er näherte sich mit Grandma und Cal im Schlepptau. „Wir könnten es noch zu dem Gerichtstermin schaffen, wenn du willst ..."

„Nichts wie los!", rief ich.

Jetzt, wo ich meinen besten Fellfreund endlich wieder an meiner Seite hatte, würde ich auf keinen

Fall zulassen, dass ihm noch einmal irgendwer etwas antat. Wir waren wieder vereint, und so sollte bleiben.

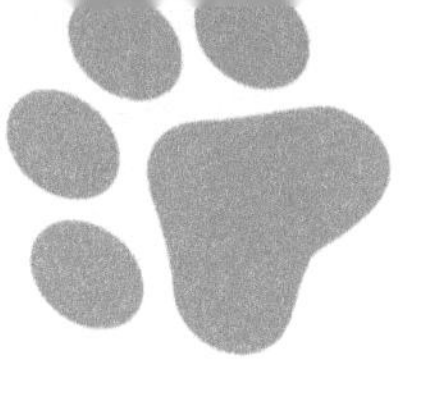

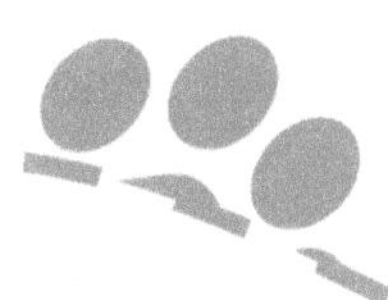

20

„Ich erhebe Einspruch!", rief Grandma unvermittelt, als unser Fünfergrüppchen etwa zwanzig Minuten später in das Bezirksgericht stürmte.

Eine Justizbeamtin mit Dauerwellen winkte uns hinter einer dicken Plexiglasscheibe zu sich herüber. „Hallo, zusammen. Wogegen wollen Sie denn Einspruch erheben?"

Charles schob sich vor meine Großmutter. „Hallo. Wir sind wegen der Anhörung zum Nachlass von Ethel Fulton hier."

Die Frau nickte und lächelte uns alle weiterhin strahlend an. „Oh, dafür sind schon viele Leute gekommen. Raum B-2. Sie kommen auf die Minute. Viel Erfolg."

Bevor wir sie aufhalten konnten, spurtete meine Großmutter den Flur entlang und riss die Tür zu Raum B-2 auf. „Ich erhebe Einspruch!", verkündete sie.

Der Rest von uns rannte ihr hinterher und tauchte eine Sekunde später auf.

„Longfellow!", rief jemand vorne im Raum aus und musterte Charles mit strenger Miene. „Halten Sie Ihre Klientin im Zaum, und zwar sofort."

Wir nahmen im hinteren Teil des Saals Platz und vermieden es bewusst, einen der anderen Erben direkt anzusehen. Verstohlen ließ ich den Blick durch die Reihen schweifen und stellte fest, dass sich Anne nicht unter den Anwesenden befand.

Verdammt! Ich hatte so gehofft, einen konkreten Beweis zu erhalten, dass sie hinter allem steckte, und ich wollte ihr klarmachen, dass ich ihn Zukunft vor nichts zurückschrecken würde, um meine Katze vor ihr zu schützen.

„Na schön, fangen wir an", ergriff der leitende Richter das Wort. „Uns liegen mehrere Anfechtungen des Testaments von Ethel Fulton vor, insbesondere in Bezug auf Octavius Fulton. Ist er heute hier?"

„Ja, Euer Ehren." Ich erhob mich mit meinem vierbeinigen Freund auf dem Arm, nicht sicher, wie man einen Richter korrekt anzureden hatte. Das hier war schließlich eine Premiere für mich.

„Lassen Sie mich raten. Octavius ist die Katze, nicht wahr?", fragte der Mann mit einem gelangweilten Ausdruck.

„Ja, aber Ethel liebte ihn wie einen Sohn und wollte sicherstellen, dass er immer so versorgt wird, wie er es bei ihr seit jeher gewohnt war", erklärte Charles.

„Aha, ja das dachte ich mir." Der Schiedsrichter blätterte in der Kopie des Testaments, die vor ihm lag, und drehte den Hals zur Seite, sodass es knackte. Nach ein paar Minuten blickte er mit einem dünnen Lächeln wieder zu uns auf. „Es gibt Präzedenzfälle für solche Sachlagen. Ethel Fulton hätte meinetwegen den ganzen Staat Maine ihrer Katze vermachen können. Es ist nicht Aufgabe des Gerichts, das infrage zu stellen. Also, warum sind wir hier?"

„Das Haus", keuchte eine raue Stimme aus der Nähe der Tür.

Alle drehten sich um, und mir wäre beinahe etwas hochgekommen, als ich sah, wer dort stand.

Anne Fulton wirkte genauso altbacken, wie ich sie in Erinnerung hatte, nur ihr graues Haar trug sie jetzt kurz. Am Arm hatte sie einen Verband, der mit frischem Blut durchtränkt war.

„Ist das dein Werk?", flüsterte ich Octocat zu.

„Darauf kannst du wetten", antwortete er stolz. Dann verengte er seinen Blick und stieß ein beeindruckendes Fauchen in ihre Richtung aus.

„Das Haus ist nicht ausdrücklich im Testament erwähnt", erwiderte der Schiedsrichter.

„Das mag sein ...", meinte Anne. Sie ging nach vorne, wobei sie möglichst viel Abstand zu uns hielt. „Aber irgendwie hat es die Katze trotzdem geschafft, es zu erben."

„Eigentlich gehört das Haus mir", warf ich ein.

„Und mir", ergänzte Großmutter.

„Meine Klienten haben das Haus auf dem freien Markt erworben. Ihre Verbindungen zum Nachlass von Ethel Fulton sind diesbezüglich irrelevant", fügte Charles hinzu. Das saß. *Mein Held.*

„Dem stimme ich zu", sagte der Richter. „Gibt es darüber hinaus irgendwelche Beanstandungen?"

Niemand meldete sich zu Wort, nur Grandma grinste süffisant von einem Ohr zum anderen. Octocat war auf ihren Schoß gesprungen, und sie verwöhnte ihn mit behutsamen Streicheleinheiten – genau so, wie er es gerne mochte.

„Dann gelten die Bestimmungen des Testaments ohne Einschränkung", verkündete der Schiedsrichter.

Ich erwartete einen Hammerschlag, aber es tat sich nichts dergleichen. Na gut.

Wir blieben sitzen, bis die Fultons das Feld geräumt hatten. Ich war heilfroh, dass dieses Verfahren nun endlich ausgestanden war, bedauerte jedoch, dass mein ehemaliger Chef, Richard Fulton, die lange Reise von Florida hierher offensichtlich nicht hatte antreten können.

Nur Anne hatte den Raum noch nicht verlassen.

„Ich weiß, dass Sie es waren", zischte ich.

Octocat unterstützte mich ebenfalls mit einem Fauchen.

„Warum haben Sie meinen Kater entführt?", fuhr ich sie an und hielt mich an einem Stuhl fest, um nicht direkt auf sie loszugehen.

Anne sah nicht einmal schuldbewusst aus. „Das ist der Kater meiner Tante Ethel. Er hätte in der Familie bleiben sollen, nachdem sie uns verlassen hatte."

„Er oder sein Treuhandfonds?", schoss Grandma zurück. „Denn der offenen Wunde an Ihrem Arm nach zu urteilen, will unser lieber Octavius nichts mit Ihresgleichen zu tun haben."

„Sie haben nichts in der Hand", geiferte sie. „Und Sie können auch nichts tun. Ich habe mich nur ein paar Tage um ihn gekümmert. Es ist ja nicht so, als hätte ich einen Mord begangen.“

„Sie bewegen sich auf sehr dünnem Eis“, rief Großmutter, während Octocat von ihrem Schoß sprang und wie ein Kampfhahn zu der Intrigantin hinüberstolzierte.

„Ich werde das Haus bekommen“, murmelte Anne, umfasste dann ihren verletzten Arm und flüchtete durch die Tür, als Octocat zu einem weiteren Schlag gegen sie ausholen wollte.

Grandma und ich tauschten einen kurzen Blick aus, dann hakte sie sich bei Cal unter und meinte: „Komm, mein Lieber. Ich möchte der netten Dame danken, die uns bei unserer Ankunft geholfen hat.“

Und schon waren sie raus und ließen Charles, Octocat und mich allein in dem Raum zurück.

Seufzend lehnte ich meinen Kopf an Charles’ Schulter.

„Ich bin echt froh, dass du ihn zurückbekommen hast“, sagte er.

„Ich auch.“

„Gehen wir jetzt nach Hause?“, maulte Octocat, der bereits an der Tür auf uns wartete. „Ich brauche unbedingt etwas Evian.“

„Ja, gleich“, versicherte ich ihm mit einem erschöpften Seufzer.

Charles schüttelte den Kopf. „Beschwert er sich etwa schon wieder?"

„Ja", antwortete ich kichernd und setzte mich auf.

Mein Traummann drehte sich auf seinem Stuhl zu mir um und sah mir direkt in die Augen. „Jetzt, wo er wieder da ist, möchte ich dir etwas sagen. Ich will dir das eigentlich schon seit einer ganzen Weile sagen."

Ich schluckte schwer, und mein Herz raste plötzlich. Er wollte mir etwas mitteilen.

Bedeutete das …?

Wollte er endlich …?

Würden wir …?

Er legte mir seine Hände links und rechts auf die Schultern und versuchte, sein Lächeln zu unterdrücken, das immer breiter zu werden schien. „Versteh das bitte nicht falsch, aber …"

„Ja?", fragte ich und schloss lasziv die Augen, um ihm zu signalisieren, dass ich bereit für einen Kuss war. Verdammt, ich hätte ihn sogar vom Fleck weg geheiratet. Am richtigen Ort dafür befanden wir uns ja schon – das Standesamt lag im selben Gebäude. *Ja, ja, ja, ich will!*

„Angie", sagte er leise und wartete, bis ich meine Augen wieder öffnete. „Du bist gefeuert."

Mit einem Mal lösten sich all meine Hoffnungen in Luft auf. Er sollte mich küssen, nicht feuern!

Charles drückte seine Stirn an meine, und sein warmer Atem streifte mein Gesicht. „Ich sagte, dass du es nicht falsch verstehen sollst. Ich tue dir einen Gefallen damit. Im Grunde tue ich uns beiden einen Gefallen.“

„Verstehe ich nicht“, murmelte ich und wünschte, mir wäre in diesem Moment etwas Intelligenteres eingefallen.

„Ich weiß schon seit Wochen, dass du aufhören willst, oder vielleicht auch schon seit ein paar Monaten. Was hält dich davon ab?“

„Ich wollte dich nicht im Stich lassen“, gab ich zu.

Er strich mir eine lose Strähne meines hellbraunen Haars hinters Ohr. „Du würdest mich nie im Stich lassen, das weiß ich, und ich will nicht, dass du wegen mir deine Träume auf Eis legst.“

Er war mir so unfassbar nah, dass es mir schwerfiel, mich zu konzentrieren. Was passierte hier? Und sollte ich mich darüber freuen oder nicht?

„Du bist eine großartige Privatdetektivin, und es wird Zeit, dass du dich selbstständig machst. Das kannst du nicht, wenn du weiterhin die Hälfte deiner Zeit in der Kanzlei verbringst, also ... Du bist hiermit entlassen.“

„Danke?" Eine passendere Antwort fiel mir leider nicht ein. Im Gegensatz zu dem vorausgegangenen Gerichtsverfahren gab es für das hier keine Präzedenzfälle. Das, was gerade zwischen mir und Charles geschah, fühlte sich völlig neu an.

Er lachte leise. „Nichts zu danken. Ich tue das auch aus eigennützigen Gründen."

„Oh?", hauchte ich und sah ihn fragend an. Ihn so nah zu spüren, machte mich immer noch ganz wuschig, und ich wollte immer noch diesen Kuss.

„Ja, denn als ich noch dein Chef war, konnte ich dich nicht ..."

Ich holte tief Luft, doch bevor ich ausatmen konnte, berührten seine Lippen die meinen. O mein Gott, wir küssten uns!

Und es war so, wie ich es mir immer erträumt hatte.

„Menschen sind eklig", beschwerte sich Octocat und strich mir mit der Pfote über den Arm – zum Glück sehr sanft und ohne Krallen, nicht wie bei der Nummer mit Anne.

Mein Ex-Chef lehnte sich lachend zurück. „Lass mich raten, das hat ihm nicht gefallen."

„Jep", bestätigte ich seine Vermutung. „Aber nicht, weil er eifersüchtig ist, sondern weil er es eklig findet."

Charles verdrehte die Augen, doch ein glückliches Strahlen lag auf seinem Gesicht. „Wie dem auch sei, Octocat. Ich weiß, dass du mich hinter meinem Rücken Kotzbrocken nennst."

„Jungs, Jungs!", rief ich. Die Szene brachte mich so sehr zum Lächeln, dass es in den Mundwinkeln zog. „Ihr müsst bitte einen Weg finden, miteinander klarzukommen."

Als ich aufstand, ergriff Charles sofort meine Hand, unsere Finger verschränkten sich, und gemeinsam setzten wir uns in Bewegung. Octocat blieb nichts anderes übrig, als hinter uns herzutrotten.

„Ich kann nicht glauben, dass du dich auf diese unnötige Romanze konzentrierst, wo du dich eigentlich darum kümmern solltest, mir so schnell wie möglich Evian zu besorgen", brummte mein Kater, mürrisch wie eh und je.

Ich nahm ihn hoch, klemmte ihn mir unter den freien Arm, und so verließen wir das Gerichtsgebäude. „Wenn wir nach Hause kommen, möchte ich dir jemand ganz Besonderes vorstellen."

„O nein, warum? Ich bin so müde", jammerte er.

„Er ist der Präsident deines Fanclubs", verriet ich ihm und stellte mir vor, wie wahnsinnig glücklich Pringle sein würde, sein Idol zu treffen.

„Kann ich der Präsident deines Fanklubs sein?", fragte mich Charles und drückte meine Hand.

Ich tat so, als würde ich einen Moment lang darüber nachdenken. „Ich brauche nicht wirklich einen Fanclub, aber du kannst mein Freund sein. Das heißt, wenn du ..."

Charles blieb stehen, zog mich an sich und küsste mich erneut.

Anscheinend war er einverstanden.

Wie geht es weiter?
Finde es schnell heraus ...

Das Chihuahua-Komplott ist jetzt erhältlich.

Sichere dir noch heute dein Exemplar, damit du direkt mit der Fortsetzung dieser verrückten Krimiserie weiterlesen kannst!

Und vergiss nicht, dich in Mollys Liste einzutragen, damit du über alle Neuerscheinungen, monatlich stattfindende Verlosungen und weitere coole

Aktionen (einschließlich jeder Menge Katzenfotos) informiert bleibst.

Hole dir noch heute dein persönliches Exemplar und fange direkt an zu lesen.
Katzengeheimnisse.com/abonnieren

WIE GEHT ES WEITER?

Meine verrückte alte Großmutter liebt es, ihre Entscheidungen aus dem Bauch heraus zu treffen. Letzte Woche hat sie mit dem Flamenco-Tanzen angefangen. Diese Woche hat sie einen Chihuahua namens Paisley adoptiert, der nichts als Ärger macht. Eigentlich ja weiter kein Problem, wenn da nicht unser launischer Kater wäre ...

Mann, ich hätte nie gedacht, dass ich Octocats Stimme einmal vermissen würde, aber sein stiller Protest wird immer unerträglicher, vor allem, weil wir eigentlich gerade dabei sind, eine Privatdetektei in unser beider Namen zu eröffnet.

Als Grandma und ich herausfinden, dass jemand Gelder des örtlichen Tierheims veruntreut, spitzt sich die Lage noch weiter zu. Wenn wir den Schuldigen nicht bald aufspüren, können sie dichtmachen, und die armen, heimatlosen Geschöpfe verlieren auch noch diese Zuflucht.

Okay, ich muss also nur noch den Bösewicht finden und die Tiere retten – und es nebenbei auch noch irgendwie schaffen, dass Octocat und Paisley ihre Differenzen beilegen und als Team zusammenarbeiten. Eine Kleinigkeit ... aber wünscht mir besser viel Glück ...

Hole dir noch heute dein persönliches Exemplar und fange direkt an zu lesen.

Viel Spaß!

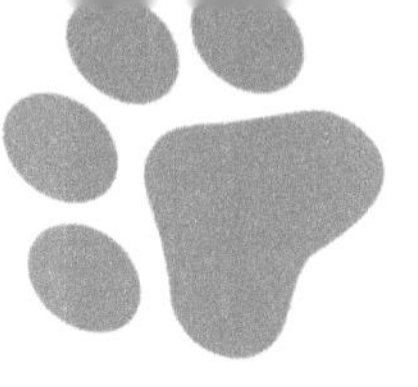

KURZE VORSCHAU
DAS CHIHUAHUA-KOMPLOTT

Hi, ich bin Angie Russo, und das letzte Jahr glich einer wilden Achterbahnfahrt. Ja, es sind jetzt genau zwölf Monate, seit sich mein ganzes Leben zum Besseren gewendet hat.

Sicher, ich bin in dieser Zeit vielen gefährlichen Gestalten begegnet – Mördern, Entführern, Fieslingen ... von allem war etwas dabei. Doch ich hätte keine Sekunde davon missen wollen.

Aber mal der Reihe nach ... Alles fing mit meinem früheren Job als Anwaltsgehilfin an.

Eine reiche alte Dame war gerade dahingeschieden, und ihre Erben hatten sich zur offiziellen Testamentseröffnung in unserem Büro eingefunden. Ich wurde angewiesen, Kaffee zu kochen, und das war das letzte Mal, dass ich ein solch gefährliches Unterfangen wagte.

Ich bekam nämlich einen Stromschlag ab und wurde bewusstlos. Nachdem ich wieder zu mir gekommen war, hatte ich zum einen furchtbare Angst vor Kaffeemaschinen – oh, und besaß außerdem plötzlich die Fähigkeit, mit Tieren zu sprechen. Zuerst konnte ich mich nur mit diesem Kater namens Octavius Maxwell Ricardo Edmund Frederick Fulton unterhalten, den ich kurzerhand in Octocat umbenannte. Er war einer der Haupterben der Verstorbenen.

Um es kurz zu machen: Er erzählte mir von seiner Vermutung, dass die alte Dame umgebracht worden sei, und bat mich, ihm bei der Suche nach dem Mörder zu helfen. Gemeinsam machten wir uns daran, den Fall zu lösen, und wurden dabei so etwas wie ziemlich beste Freunde. Jetzt lebt er bei mir, und ich sorge für sein Wohlergehen und verwalte seinen überaus großzügigen Treuhandfonds.

Und weil ich mich leichtsinnigerweise auf einen Deal ohne konkreten Einsatz mit ihm einließ, da ich ihn irgendwie dazu bringen musste, sich an der Leine führen zu lassen, wohnen wir jetzt in der prunkvollen Villa seines früheren Frauchens. Tja, deshalb kostete mich ein neongrünes Katzengeschirr für zehn Dollar am Ende eine satte Million.

Wenigstens war es nicht mein Geld, sondern seines.

Ja, im letzten Jahr war bei mir also wirklich viel los. Meinem Kater und mir gelang es, drei weitere Morde aufzuklären. Er wurde gekidnappt. Ich entschloss mich letztlich doch, meinen Job in der Kanzlei aufzugeben, um zusammen mit ihm eine Privatdetektei zu eröffnen. Ach ja, und das Allerwichtigste: Ich habe jetzt einen Freund!

Meine Großmutter ist darüber sogar noch glücklicher als ich, hat sie doch jahrelang versucht, mich zu verkuppeln. Dennoch, wo sie es endlich geschafft hat, weiß sie scheinbar nichts Rechtes mit sich anzufangen.

Klar, sie backt weiterhin wie eine Wilde und besucht regelmäßig die Kunstkurse der Gemeinde, hat jedoch in letzter Zeit auch noch einige andere Sachen ausprobiert, als liefe ihr die Zeit davon. Sie tanzte Flamenco, lernte Koreanisch und spielte sogar Pokémon Go, weil sie findet, Pikachu und sie seien so etwas wie Seelenverwandte, natürlich nur auf spiritueller Ebene. Aber ehrlich gesagt, mir ist das zu hoch.

Meine Mutter und mein Vater sind beim TV-

Sender Channel Seven nach wie vor gut beschäftigt – sie als Nachrichtensprecherin, er als Sportreporter. Grandma und ich laden sie einmal pro Woche zu einem leckeren selbstgekochten Essen zu uns ein. Ach so, hatte ich schon erwähnt, dass Großmutter und ich mittlerweile zusammenwohnen?

Das ist nicht weiter verwunderlich, denn sie ist nicht nur die Frau, die mich großgezogen hat, sondern gleichzeitig auch meine beste Freundin und die erstaunlichste Person, die ich kenne. Außerdem hilft sie mir, Octocats enorm hohen Ansprüchen und seinem straffen Zeitplan gerecht zu werden.

Und, ganz unter uns, wir sorgen natürlich dafür, dass er nur seine Lieblingsfuttersorten zu essen und sein Evian ausschließlich aus seiner Lieblingsporzellantasse serviert bekommt.

Vor Kurzem hat er ein brandneues iPad Pro gefordert. Seine Begründung? Für unser neues Geschäftsvorhaben bräuchte er dringend ein professionelles Upgrade, obwohl er sein Tablet hauptsächlich zum Spielen diverser Aquarium- und Koi-Teich-Games benutzt.

Der Hauptgrund scheint mir eher der, dass er sein altes Gerät dem Präsidenten seines Fanclubs geschenkt hat, einem Waschbären, der unter unserer

Veranda lebt. Sein Name ist Pringle, und meist ist er ein ziemlich netter Kerl. Mein Kater genießt es natürlich immens, einen Fanboy zu haben, der jede seiner Entscheidungen befürwortet, inklusive seiner regelmäßigen Kritik an meiner Person.

So ist es leider – Octocat beschwert sich beinahe ununterbrochen, aber trotzdem weiß ich, dass er mich sehr liebt. Deshalb plane ich auch einen ganz besonderen Abend, um unseren Jahrestag zu feiern. Ob er sich wohl daran erinnert? Danach ganz gewiss.

Ich kann es kaum erwarten, den Ausdruck auf seinem kleinen Kätzchengesicht zu sehen, wenn er erfährt, was ich mir für ihn habe einfallen lassen. Lasset die Spiele beginnen!

Es war nicht einfach, meine Partyvorbereitungen vor Octocat geheim zu halten, aber bis jetzt hatte er glücklicherweise noch nichts mitbekommen. Anstatt selbst etwas zu kochen, bat ich Großmutter, ein paar gegrillte Shrimps und Hummerbrötchen aus dem Little Dog Diner in Misty Harbor zu besorgen. Das ist zwar eine ziemliche Strecke, aber jeden einzelnen Kilometer wert.

Da ich sie jede Minute zurückerwartete, war es für mich an der Zeit, den Ehrengast zu wecken. Ich fand ihn schlafend auf seinem fünf-Uhr-Sonnenfleck an der Westseite des Hauses. „Aufstehen, du Schlafmütze!", rief ich mit meiner besten Trällerstimme, die er, wie ich wusste, nicht ausstehen konnte.

„Angela", stöhnte er, „hast du noch nie gehört, dass man Katzen, die gerade ein Nickerchen machen, nicht wecken sollte?"

„Ich bin mir ziemlich sicher, der Spruch lautet ... egal. Komm schon, ich habe eine Überraschung für dich."

Puh, das war knapp. Beinahe hätte ich den Ausdruck *schlafende Hunde* benutzt. Dieser Ausrutscher hätte womöglich den kompletten Abend ruiniert, aber ich konnte es gerade noch so verhindern.

„Eine Überraschung?", fragte er und gähnte so breit, dass seine Schnurrhaare vor der Nase zusammenstießen. „Was denn für eine?"

„Wirst du schon sehen. Komm einfach mit." Ich klopfte auf mein Bein und deutete ihm an, mir zu folgen.

Er jedoch ließ sich mit dem Hinterteil demonstrativ auf den Holzboden plumpsen und zuckte lediglich mit dem Schwanz. „Sag es mir besser, sonst rühre ich mich keinen Zentimeter vom Fleck weg!", verlangte er zu wissen.

„Octocat, kannst du nicht einfach mal … Ach, vergiss es. Also gut, heute ist es genau ein Jahr her, dass wir uns zum ersten Mal getroffen haben. Erinnerst du dich an diesen Tag?"

„Du meinst also, es ist ein Jahr und einen Tag her, seit Ethel gestorben ist?" Er zog fragend eine Augenbraue hoch und musterte mich.

Mist, daran hatte ich überhaupt nicht gedacht. Hoffentlich war er jetzt nicht zu traurig, um zu feiern.

„Scheint meine Spezialität zu sein, dir das Leben schwer zu machen", sagte er mit einem hämischen Lachen und trabte kopfschüttelnd von dannen. „Alles Gute zum Jahrestag, Angela. Ich bin wirklich froh, dass du mein Mensch bist."

Aus Richtung der Veranda ertönten Schritte. Ich hatte Großmutter gar nicht vorfahren hören, aber jetzt war sie offensichtlich da, und unsere kleine Party konnte offiziell beginnen. Meinen Freund, Charles, hatte ich gebeten, erst später dazuzustoßen, da mein Kater und er in letzter Zeit nicht sonderlich gut miteinander auskamen.

Insgeheim fand ich es total süß, dass mein Kater auf meinen Freund eifersüchtig war, hoffte aber trotzdem, dass sich das irgendwann geben würde.

„Grandma?", rief ich laut. Octocat und ich hatten bereits den unteren Treppenabsatz erreicht, sie jedoch war noch immer nicht hereingekommen. Also trippelte ich hinüber zur Tür, drehte am Knauf, und ...

Ein schwanzwedelndes, schwarzes Fellknäuel sprang herein.

„Ich bin hier! Ich bin zu Hause! O Mann! Mannomann. Unglaublich!", kreischte der kleine Hund, hockte sich hin und pinkelte direkt auf den Fußabtreter.

Ich drehte mich zu Octocat um, der den Neuankömmling mit einem entsetzten Katzenbuckel und aufgeplustertem Schwanz anstarrte. „Angela, was hat das zu bedeuten?", fauchte er und lenkte damit unabsichtlich dessen Aufmerksamkeit auf sich.

„Eine Katze! Ist das denn zu glauben! O Mann! O Mann! O Mannomann!" Der Hund, der sich bei näherer Betrachtung als Chihuahua erwies, sprang direkt auf meinen Kater zu und schnüffelte hemmungslos an dessen Hintern.

Dieser zischte und knurrte, schlug mit den Tatzen

um sich und schaffte es, dass der Kleine sich kreischend zurückzog.

Na Klasse!

„Was ist denn hier für ein Tumult?" Großmutter kam ins Haus gestürmt, entdeckte den kleinen schwarzen Hund, der sich in einer Ecke verkrochen hatte, und drückte das wimmernde Bündel an ihre Brust. „Los, sagt schon! Wer hat meine Paisley angegriffen?"

„Grandma ..." Ich kniff mir in den Nasenrücken, um die sich ankündigten Kopfschmerzen zu unterdrücken. „Was hat dieser Hund hier zu suchen?"

„Darf ich vorstellen, das ist Paisley", gurrte Großmutter mit einer Babystimme, und der Chihuahua leckte ihr übers Gesicht. Der furchterregende Kater und der Schmerz, den dieser ihr zugefügt hatte, schienen vergessen. „Sie wohnt ab heute ebenfalls hier."

„Oh, verdammt, nein!", brüllte Octcat von seinem Platz auf der Treppe zu uns herüber. „Ich dachte, wir wollten mich heute Abend feiern und nicht mir das Leben zur Hölle machen!"

„Grandma", schaltete ich mich ein und versuchte zu beschwichtigen, bevor alle die Fassung verloren, „wir können keine Hunde bei uns aufnehmen. Octocat hasst sie."

„Haaasssss", zischte dieser und knurrte erneut.

„Aber wieso denn?", fragte der kleine Chihuahua zitternd. „Er kennt mich doch überhaupt nicht. Ich bin Paisley, und ich bin nett."

Großmutter fuhr in beinahe kindlichem Tonfall fort, während sie ihr über ihr dreifarbiges, mehrheitlich schwarzes Fell strich. „Also, ich habe die kleine Maus im Tierheim entdeckt, und sie hat sofort mein Herz erobert. Was hätte ich denn tun sollen?"

Sie musterte mich aus zusammengekniffenen Augen. „Ganz allein in diesem Käfig ihrem Schicksal überlassen? Oder, Gott bewahre, mit ansehen, wie sie sie einschläfern, weil sie in dem Auffanglager wieder Platz brauchen?" Sie hielt Paisley die übergroßen Ohren zu und blickte mich stirnrunzelnd an.

„Nein, ich meine …", stotterte ich, „das hättest du natürlich nicht tun können." O Mann, was war ich nur für ein Softie.

„Octavius wird sich wohl oder übel an seine neue Mitbewohnerin gewöhnen müssen, denn ich habe nicht vor, sie zurückzubringen", sagte sie, und ihr Ton machte deutlich, dass die Diskussion für sie damit beendet war. „Komm, mein Baby, lass uns nach draußen gehen und die Waldtiere kennenlernen."

Nachdem die beiden draußen waren, machte ich mich auf die Suche nach meinem Kater, um ihm alles zu erklären und mich in Grandmas Namen bei ihm zu entschuldigen.

Allerdings war er wie vom Erdboden verschluckt.

Verdammt, das würde er mir nie verzeihen.

Hole dir noch heute dein persönliches Exemplar und fange direkt an zu lesen.

ÜBER MOLLY FITZ

Obwohl USA-Today-Bestsellerautorin Molly Fitz genau genommen nicht mit Tieren sprechen kann, führen sie und ihre drei tierischen Co-Autoren oft tiefgründige und lebhafte Gespräche, während sie den alltäglichen Dingen des Lebens nachgehen.

Molly lebt mit ihrem Kind und ihrem eigenen Privatzoo irgendwo in der Wildnis von Alaska. Gelegentlich wagt sie sich hinaus, um ein exquisites Essen zu genießen, einen guten Kaffee zu trinken oder neue Tierfreunde zu treffen.

Erfahre mehr über Molly und ihre deutschen Veröffentlichungen, indem du dich gleich für ihren Newsletter anmeldest:

www.katzengeheimnisse.com

MISS DOLITTLES GEHEIMNIS

Angie Russo hat sich gerade mit dem ersten sprechenden Katzendetektiv von Blueberry Bay zusammengetan. Gemeinsam mit seiner bunt zusammengewürfelten Schar menschlicher und tierischer Helfer ist Octocat fest entschlossen, jede Situation zu retten – solange sie nicht mit seinem persönlichen Zeitplan kollidiert.

Viel Spaß mit Band 1 – **Kommissar Katerchen**

MERLINS MAGISCHE ABENTEUER

Gracie Springs ist keine Hexe ... ihr Kater hingegen schon. Jetzt muss sie alles in ihrer Macht Stehende tun, um sein Geheimnis zu wahren, oder sie riskiert, den Rest ihres Lebens in einem magischen Gefängnis zu verbringen. Zu dumm, dass sie den Ärger geradezu magnetisch anzuziehen scheint!

Viel Spaß mit Band 1 – **Merlin findet eine Vertraute**

AGENTUR FÜR PARANORMALE ZEITARBEIT

Tawny Bigfords gewöhnlich zu nennendes Leben nimmt eine magische Wendung, als sie über die Leiche ihrer Vermieterin stolpert und von einer sprechenden schwarzen Katze rekrutiert wird, die Rolle der Verstorbenen als offizielle Stadthexe von Beech Grove, Georgia, zu übernehmen.

Viel Spaß mit Band 1 – **Eine Hexe für alle Gelegenheiten**

DAS GEISTERHAFTE GÄSTEHAUS (MIT TRIXIE SILVERTALE)

Sydney Coleman hat alles erreicht – und doch steht sie irgendwann vor dem Nichts. Gerade, als sie ihr neues Bed and Breakfast eröffnen will, stellt sich ihr ein Geistertrio auf Schritt und Tritt in den Weg. Die Geister bestehen darauf, dass sie den Mord an ihrer Herrin aufklärt, aber Sydney braucht dringend Geld. Wenn nicht bald ein paar zahlende Gäste eintreffen, ist ihre Spukvilla dem Untergang geweiht.

Viel Spaß mit Band 1 – ***Mörderischer Mondschein***

VERBINDE DICH MIT MOLLY

Wenn du ebenfalls ein großer Fan von spannenden, schrägen Tierkrimis bist, sollten wir unbedingt Freunde werden.

Wie wäre es, wenn du direkt einmal meine Facebook-Seite besuchst, die ich speziell für meine treuen deutschen Leser eingerichtet habe? Hier der Link dazu:

Facebook.com/Katzengeheimnisse

Oder melde dich für meinen Newsletter an und sichere dir als Abonnent gratis ein digitales Geschenkpaket, einschließlich einer exklusiven Kurzgeschichte über Octocat:

Katzengeheimnisse.com/Abonnieren